Klarant Verlag

Die gebürtige Ostfriesin **Sina Jorritsma** aus der Krummhörn studierte in Hamburg Germanistik und Philosophie, bevor sie wieder in ihre Heimat zurückkehrte. Sie veröffentlicht unter Pseudonym, weil sie ihre Umgebung genau beobachtet und Ereignisse aus ihrem Leben in ihre Geschichten einfließen. Das Romaneschreiben ist ihr kleines Geheimnis, das nur wenige Menschen kennen. Bei einer großen Kanne Ostfriesentee mit Sahne und Kluntjes kann sie halbe Nächte durchschreiben, tagsüber hält sie sich mit Joggen fit. Sina Jorritsma lebt mit ihrer Familie in einem kleinen Ort bei Emden.

Sina Jorritsma

Friesenbrauer

Ostfrieslandkrimi

Klarant Verlag

Copyright © 2020 Klarant GmbH, 28355 Bremen
Klarant Verlag, www.klarant.de – www.ostfrieslandkrimi.de
ISBN: 978-3-96586-201-2
1. Auflage 2020
Umschlagabbildung: Klarant Verlag

Kapitel 1

»Moin, in der *Borkum Brauerei* wurde ein Toter gefunden. Das solltet ihr euch besser mal anschauen.«

Mit diesen Worten wandte sich Polizeimeisterin Grietje Smit telefonisch an Kommissarin Mona Sander, die sich in ihrem Büro soeben den ersten Tee des Tages eingegossen hatte.

»Gibt es Hinweise auf ein Gewaltverbrechen?«, fragte die rotblonde Kriminalistin.

»Ich bin keine Hellseherin«, erwiderte Grietje auf ihre gewohnte flapsige Art. »Am besten kommt ihr direkt vorbei und werft selbst einen Blick auf den Schlamassel.«

»Gut, wir sind in ein paar Minuten bei euch.«

Mona legte den Telefonhörer auf. Oberkommissar Enno Moll, der am Schreibtisch ihr gegenüber saß, schaute sie fragend an.

»Gibt es einen neuen Fall für uns?«

»Das kann ich dir noch nicht sagen, Enno. Kollegin Smit spielt heute die Geheimnisvolle. Oder vielleicht weiß sie es selbst nicht so genau«, sagte die Ermittlerin. Sie stand auf, nahm ihren Anorak vom Kleiderhaken und zog ihn über. Am vierten September war es meist noch recht warm auf der größten Ostfriesischen Insel, die sich weit vor der Küste in der Nordsee befand. Doch der Wind frischte immer öfter auf, Vorboten der Herbststürme nahten.

Monas beleibter Kollege erhob sich ebenfalls von seinem Bürostuhl und zog seine geliebte Lederjacke an. Die beiden Ermittler waren als Zivilfahnder in der kleinen Borkumer Polizeistation eigentlich für die Bekämpfung von Taschendiebstählen und anderen Bagatelldelikten zuständig, die in beliebten Touristikregionen immer wieder vorkamen. Doch dieses Duo hatte auch schon etliche Mordfälle erfolgreich abgeschlossen.

»Wo wurde die Leiche denn gefunden?«, erkundigte Enno sich. Mona sagte es ihm. Er verzog das Gesicht.

»Ein Toter in der Borkum Brauerei? Ich könnte mir vorstellen, dass sich die Trauer einiger Gastronomen auf unserer Insel in Grenzen hält«, meinte der Oberkommissar. Mona wurde hellhörig, denn schließlich besaß ihr Freund Jan Lummer ebenfalls eine Kneipe.

»Wie meinst du das, Enno?«

Der Ostfriese hob die Schultern.

»Feldmann, der Brauerei-Besitzer, hat sich seit der Eröffnung vor zwei Monaten nicht nur Freunde gemacht. Er verfolgt eine aggressive Preispolitik und kann es sich leisten, seinen Gerstensaft sehr günstig anzubieten. Er verkauft ja nicht nur selbst gebrautes Flaschenbier, sondern betreibt auch selbst eine Schankwirtschaft. Einige Kneipiers sorgen sich schon um ihre Existenz, seit er seine Braustube eröffnet hat.«

»Noch wissen wir ja gar nicht, wer der Tote ist«, erinnerte Mona. Sie hatte natürlich ebenfalls mitbekommen, dass die Brauerei mitten in der Hauptsaison ihren Geschäftsbetrieb aufgenommen hatte. Bei der feierlichen Eröffnung waren neben zahlreichen Insulanern und Urlaubern auch einige prominente Gäste aus Sport und Kultur dabei gewesen. Die Kommissarin selbst hatte es noch nicht geschafft, der Borkum Brauerei in ihrer Freizeit einen Besuch abzustatten. Wenn sie mal ein Bier trinken ging, dann meist in der *Nordsee Kajüte*, die ihrem Freund gehörte.

Die Ermittler meldeten sich im Wachlokal ab und stiegen in den zivilen Opel Vectra, den sie als Dienstfahrzeug benutzten.

»Bist du schon mal in der Borkum Brauerei gewesen?«, fragte die Kommissarin. Sie hatte auf dem Beifahrersitz Platz genommen, während Enno den Wagen Richtung Jakob-van-Dyken-Weg lenkte. Der Oberkommissar nickte.

»Ja, Dimitrios und ich haben neulich nach dem Ringertraining dort ein Bier gezischt«, berichtete er.

»Und – wie ist dein Eindruck, Enno?«

»Es hat uns nicht besonders gefallen.«

»Warum nicht?«

»Das Bier ist gut«, gab der Ostfriese zu, »aber für meinen Geschmack war es dort zu gestylt, zu hell, zu modern … ich bin eben ein alter Knochen.«

»Ja, aber ein sehr netter!«, sagte Mona lachend und kniff ihm spielerisch in die Wange. Das Brauhaus befand sich auf einem Eckgrundstück, wo der Jakob-van-Dyken-Weg am Greune-Stee-Weg endete. Vom Gastronomiebereich aus konnte man durch große Panoramafenster auf das Naturschutzgebiet mit dem knorrigen Knüppelwald schauen. Unmittelbar dahinter lockten die Strände der Nordsee. Jetzt, um zehn Uhr vormittags, war die Schankstube des Brauhauses noch nicht geöffnet. Die eigentliche Brauerei hatte im hinteren Teil des Gebäudes Platz gefunden. Direkt daneben parkten einige Autos, darunter auch der Streifenwagen. Die Notausgangstür stand sperrangelweit offen. Die Inselkommissare stiegen aus und traten naher, nachdem Enno den Opel zum Stehen gebracht hatte. Aus dem Inneren der Brauerei war Stimmengewirr zu hören, unter anderem vernahmen die Ermittler Grietjes helles Organ: »Jetzt rede ich!«

»Tut sie das nicht immer?«, murmelte Enno halblaut. Mona grinste. Dann traten die beiden ein. Sie blickten auf ein Sudhaus, in dem es stark nach Maische roch. Rohre durchzogen den Raum, es gab verschiedene blitzblanke Kessel und Silos aus Metall sowie Apparaturen, deren Zweck die Kommissarin nicht auf den ersten Blick erkennen konnte. Hier wurde offensichtlich Bier gebraut. Doch nun ruhten die Produktionsanlagen, und Mona konzentrierte sich ganz auf die anwesenden Personen.

Zwei von ihnen kannte sie, nämlich ihre uniformierten Kollegen Grietje Smit und Hinderk Ekhoff. Außer ihnen standen zwei Frauen und zwei Männer um einen leblosen Körper herum, der auf dem Boden vor einem großen metallenen Biertank lag.

Der ältere Mann warf der jungen Polizeimeisterin einen gereizten Seitenblick zu und wandte sich an Enno.

»Moin, haben Sie hier das Sagen?«, fragte er. Dabei ignorierte er Mona so vollständig, als ob sie unsichtbar wäre. Dadurch machte er sich bei der Kommissarin sofort unbeliebt. Bevor der Oberkommissar etwas erwidern konnte, schaltete sich Grietje ein. Sie ließ sich eben nicht so leicht stoppen.

»Haben Sie etwas an den Ohren, Herr Feldmann? Ich bat gerade um Ruhe, dies hier ist ein Tatort. Es ist schon schlimm genug, dass die Auffindesituation des Toten verändert wurde.«

Mona wusste dank ihrer Zeitungslektüre, dass der Besitzer der Borkum Brauerei Gunter Feldmann hieß. Groß und breitschultrig stand er nun im grauen Geschäftsanzug vor den Polizisten. Und er schien es überhaupt nicht zu schätzen, dass die wuschelhaarige Beamtin ihm so über den Mund fuhr. Doch bevor die Situation noch weiter aus dem Ruder lief, wandte sich Enno mit einem freundlichen Lächeln in die Runde.

»Moin, ich bin Oberkommissar Moll von der Borkumer Polizei. Das ist meine Kollegin Sander. Frau Smit und Herr Ekhoff werden sich Ihnen ja schon vorgestellt haben. Ich möchte jetzt gern erfahren, was mit diesem Mann geschehen ist.«

Der stämmige Ostfriese deutete auf den Leichnam. Mona schätzte den Toten auf Ende fünfzig oder Anfang sechzig. Er trug Jeans, ein Hemd und eine graue Strickjacke. Sein Haar war schütter, seine Figur konnte man als vollschlank bezeichnen. Wäre die Kommissarin ihm auf der Straße begegnet, hätte sie sich nur schwer an ihn erinnern können. Der Tote war ein Durchschnittstyp, der keine einprägsamen Besonderheiten aufwies. Äußere Verletzungen konnte sie bei ihm nicht feststellen. Die Leiche lag auf dem Rücken.

»Das ist doch alles Zeitverschwendung, die Polizei hat hier nichts verloren«, sagte der jüngere Mann. »Du hättest besser einen Notarzt verständigt, aber dafür bist du zu dämlich.«

Seine Worte waren an eine etwa dreißigjährige attraktive Blonde gerichtet, die neben Feldmann stand. Mona hielt den jüngeren Mann für den Sohn des Seniorchefs, die Familienähnlichkeit war nicht zu übersehen. Die Frau zuckte zusammen, als ob ihr jemand einen Schlag versetzt hätte.

»Ich dulde nicht, dass du so mit Chantal sprichst!«, grollte Feldmann. Mona war inzwischen näher getreten und tastete nach der Halsschlagader des Toten.

»Ich habe schon die Vitalfunktionen gecheckt«, meinte Grietje, »der Mann lebt nicht mehr. Dr. Siemers ist schon im Anmarsch, um die Todesursache festzustellen. Übrigens habe *ich* ihn verständigt, das haben die Herrschaften nicht für nötig gehalten.«

»Ich werde mich über Ihre unverschämte Art beschweren«, drohte Feldmann der jungen Polizeimeisterin.

»Wir sollten uns auf das Wesentliche konzentrieren«, empfahl Mona. »Wer ist der Tote? Wann wurde er gefunden und von wem?«

Der Brauereichef schaute die Kommissarin an, als ob sie plötzlich wie ein Geist aus dem Nichts erschienen wäre. Es schien Feldmann nicht zu gefallen, dass er Fragen beantworten musste und nicht selbst das Zepter in der Hand halten konnte. Seine Stimme klang gereizt, als ob er dem Toten dessen Ableben verübeln würde.

»Okko Jopp war mein Braumeister. Wissen Sie überhaupt, vor was für unlösbare Probleme diese Situation mich stellt? Wir produzieren fortlaufend, woher soll ich so schnell einen Ersatz bekommen?«

»Du hättest den Trunkenbold niemals einstellen dürfen«, meinte der jüngere Mann mit unbewegter Miene. »Früher oder später musste mal so etwas geschehen.«

Mona kniff die Augen zusammen und wandte sich an ihn. Sie konnte es nicht ausstehen, wenn jemand in Gegenwart eines Toten respektlos über ihn sprach. Doch Feldmann junior schien weder seinem Vater noch einem der anderen Anwesenden gegenüber Achtung zu zeigen.

»Und Sie sind …?«, begann die Kommissarin.

»Ich heiße Enrico Feldmann, meinem alten Herrn und mir gehört die Borkum Brauerei. Das ist meine Gattin Saskia, und die Kleine da drüben … na, das fragen Sie meinen Vater besser selbst.«

Enrico Feldmann deutete erst auf die sehr hübsche Schwarzhaarige an seiner Seite, die bisher noch kein Wort gesagt hatte. Dann zeigte er auf die Blonde, der die Situation sichtlich unangenehm war.

»Chantal Willer ist meine Sekretärin«, schnarrte Feldmann und warf seinem Sohn einen drohenden Blick zu.

»Ich weiß immer noch nicht, was geschehen ist«, erinnerte Mona. Bevor ihre Frage beantwortet werden konnte, stürmte Dr. Siemers in das Sudhaus. Er nickte den Polizisten zu, öffnete seine Arzttasche und kniete sich neben den Leichnam. Während der Mediziner mit der Untersuchung begann, nahm Chantal Willer ihren ganzen Mut zusammen. Sie hob die Hand, als ob sie sich in der Schule melden würde. Dann öffnete sie den Mund: »Ich habe Herrn Jopp gefunden. Gestern Abend gab es eine Bierverkostung in der Braustube, mit geladenen Gästen. Als ich heute Morgen aufwachte, vermisste ich meine Handtasche. Ich habe sie überall gesucht. Und im Sudhaus sah ich dann plötzlich … ihn.«

Die Blonde deutete mit zitterndem Finger auf Jopp. Die Kommissarin hakte nach: »Lag er da schon auf dem Boden?«

Chantal Willer schüttelte den Kopf.

»Nein, Herr Jopp hing mit dem Oberkörper in dem Mannloch des Biertanks. Ich habe ihn herausgezogen.«

»Gut gemacht«, kommentierte Enrico Feldmann bissig.

»Er hätte ja noch leben können«, verteidigte die junge Frau sich.

»Aber er war schon tot.«

Die Blonde schien die Einzige in der Gruppe zu sein, die ein wenig Mitgefühl für den Verstorbenen aufbringen konnte. Vater und Sohn Feldmann sowie Saskia betrachteten Jopps Ende offenbar eher als eine Unannehmlichkeit. Dr. Siemers hob nun den Kopf und sprach die Polizisten an: »Das Opfer ist vermutlich erstickt, die genaueren Todesumstände müssen durch eine Obduktion geklärt werden.«

»Die Mühe können Sie sich sparen«, gab Enrico Feldmann hochnäsig von sich, »ich wette, dass Jopp durch eine Kohlendioxid-Vergiftung dahingerafft wurde.«

»Woher wollen Sie das wissen?«, fragte Dr. Siemers ungehalten. »Sind Sie auch Arzt?«

»Nein, aber Mitinhaber einer Brauerei. In unserer Branche wird mit Kohlendioxid gearbeitet. Jopp war gestern Abend ziemlich betrunken. Er ist in das Sudhaus getorkelt, hat dann aus irgendwelchen Gründen seinen Rüssel in den Biertank gehalten – und schon war es geschehen. Es wird so schnell gegangen sein, dass er nicht mehr den Kopf zurückziehen konnte.«

»Das müssen Sie mir genauer erklären«, forderte Mona. »Soweit ich weiß, ist Kohlendioxid ein farb- und geruchloses Gas.«

»Stimmt genau«, gab Enrico Feldmann zurück.

»Wäre Okko Jopp als Braumeister wirklich so leichtsinnig, sich in einen Tank zu beugen, der vielleicht noch dieses Gas enthält? Wie misst man das überhaupt, ohne das eigene Leben zu riskieren?«

»Es gibt Messgeräte mit Infrarot-Sensoren und Gaswarngeräte«, warf der ältere Feldmann ein. »Falls Jopp keinen Selbstmord begangen hat, wird es wohl ein tragischer Unfall gewesen sein.«

»Es ist Aufgabe der Polizei, dies herauszufinden«, stellte Mona klar.

Feldmann ging nicht auf sie ein, sondern wandte sich an Enno: »Sagen Sie auch mal etwas? Haben Sie als Oberkommissar hier nicht die Leitung?«

»Wir sind ein Team«, erwiderte der Ostfriese ruhig. »Und um Manipulationen an Ihren Apparaturen ausschließen zu können, werden wir einen Sachverständigen vom Festland kommen lassen. Die Brauerei muss ohnehin geschlossen bleiben, bis dieser Raum kriminaltechnisch untersucht worden ist.«

»Das können Sie doch nicht machen!«, begehrte Feldmann auf.

»Je eher wir herausfinden, unter welchen Umständen Okko Jopp sterben musste, desto früher können Sie Ihre Brauerei weiterführen«, stellte Enno klar. »Wir benötigen eine Liste sämtlicher Angestellter und Gäste dieser Bierverkostung, von der vorhin die Rede war. Ich nehme an, dass der Braumeister dort auch anwesend war?«

»Ja, und er hat gesoffen wie ein Loch«, rief Enrico Feldmann gereizt. »Wollen Sie uns wirklich ruinieren, indem Sie den Betrieb hier lahmlegen, Herr Moll? Ich bin gespannt, was Ihre Vorgesetzten dazu sagen werden!«

Mona lag die Bemerkung auf der Zunge, dass es doch momentan ohnehin keinen Braumeister gab, der Bier produzieren konnte. Aber sie beherrschte sich ausnahmsweise, denn Enno schien ihr etwas sagen zu wollen – allerdings nicht vor allen Anwesenden. Nach den Jahren der erfolgreichen Zusammenarbeit konnte sie inzwischen in seinen Gesichtszügen lesen wie in einem offenen Buch. Die Kommissarin wandte sich an Chantal Willer:»Sie sagten, dass Sie Ihre Handtasche vermissen. Wie kamen Sie darauf, dass sie hier sein könnte?«

»Weil ich sie in meinem Zimmer im Ferienhaus der Feldmanns nicht finden konnte«, lautete die Antwort.»Also dachte ich, dass ich sie in der Brauerei vergessen hätte. Ich habe einen eigenen Schlüssel. Also fuhr ich mit dem Rad hierher und machte diesen … grausigen Fund.«

Mona nickte und machte sich eine Notiz.

»Ich habe noch eine Frage. Seit wann steht die Notausgangstür offen, durch die wir eingetreten sind?«

Die Ermittlerin richtete ihre Worte nicht an eine bestimmte Person. Vater, Sohn, Schwiegertochter und Sekretärin schauten sich gegenseitig an, bis Enrico schließlich auf Chantal zeigte:»Du warst doch als Erste hier, oder?«

Die Blonde nickte zögernd.

»Ja, außer mir war niemand im Sudhaus. Ich … habe nicht auf die Notausgangstür geachtet. Es war ein Schock, Herrn Jopp so leblos zu sehen. Es ist möglich, dass die Tür schon offen war. Ich selbst habe sie jedenfalls nicht geöffnet.«

»Da hast du wenigstens etwas richtig gemacht«, ätzte der jüngere Feldmann.»Die Tür muss nämlich immer geschlossen bleiben, außer in einem echten Notfall.«

Nun gab auch Grietje ihren Senf dazu:»Hinderk und ich sind vorn durch den Eingang der Schankstube gekommen. Dort haben die Herrschaften uns in Empfang genommen, dann gingen wir zusammen hierher.«

Mona nickte, sie schrieb weiter mit und wandte sich noch einmal an Chantal.

»Haben Sie Ihre Handtasche inzwischen gefunden?«

»Nein, das nicht. Nachdem ich Herrn Jopp entdeckte, habe ich die Feldmanns und dann sofort die Polizei alarmiert. Ehrlich gesagt war ich gestern ziemlich angeheitert, sonst hätte ich wohl kaum meine Handtasche verloren.«

Die Blonde sah wirklich verkatert aus, wie Mona fand. Dabei hatte Chantal sich offenbar Mühe gegeben, die Spuren der vergangenen Nacht mit viel Make-up zu vertuschen.

Enno sprach den Arzt an: »Kümmern Sie sich bitte um den Transport der Leiche ins gerichtsmedizinische Institut Oldenburg?«

»Das wird veranlasst«, versprach Dr. Siemers, bevor er sich verabschiedete.

»Hatte Jopp Feinde?«, fragte Mona den Brauereibesitzer direkt. »Wurde er bedroht? Gibt es jemanden, der von seinem Tod profitieren könnte?«

»Also, ich ganz gewiss nicht, Frau Sander«, antwortete Feldmann. »Wie gesagt, Jopps Tod verursacht mir nur Scherereien. Ansonsten kann ich Ihnen nicht helfen. Ich habe Jopp als einen zuverlässigen und fleißigen Mitarbeiter kennengelernt, der auch bei den anderen Angestellten sehr beliebt war.«

Die Kommissarin nickte und ließ sich von allen Anwesenden die Mobilfunknummern geben.

»Bitte halten Sie sich für die weiteren Ermittlungen zu unserer Verfügung«, sagte sie abschließend.

»Sie sind wirklich amüsant!«, höhnte Enrico Feldmann. »Als ob wir jetzt in den Urlaub fahren könnten! Wir müssen versuchen, die Brauerei zu retten. Ich würde mich höchstpersönlich an die Maischpfanne stellen, wenn ich diesen Beruf gelernt hätte.«

»Bitte versiegelt den Raum, nachdem der Tote abtransportiert wurde«, sagte Mona zu Grietje. »Hier darf nichts verändert werden, bis die Kriminaltechniker und der Gutachter eingetroffen sind.«

Sie hielt dem vorwurfsvollen Blick von Feldmann senior stand und ging gemeinsam mit Enno nach draußen. Dabei schaute die Kommissarin sich das Türschloss des Notausgangs genauer an. Sie konnte auf den ersten Blick keine Werkzeugspuren entdecken, und öffnen ließ die Tür sich ohnehin nur von innen. Ob Jopp wirklich durch einen tragischen Unfall ums Leben gekommen war?

Nachdem sie ins Auto gestiegen waren, warf Mona ihrem Kollegen einen prüfenden Seitenblick zu.

»Mein Bauchgefühl sagt mir, dass du noch nicht alles Wissen über diesen Fall mit mir geteilt hast, Enno.«

»Ja, das stimmt. Wir konnten ja vor den Feldmanns nicht offen sprechen. Also, entweder ist Gunter Feldmann kein guter Menschenkenner oder er hat uns schamlos angelogen, wobei ich auf die zweite Möglichkeit tippe.«

»Wie kommst du darauf?«

»Laut Feldmann war Jopp ein fähiger Mitarbeiter und im Kreis der Angestellten sehr beliebt. Das würde mich wundern. Ich kannte Jopp nämlich. Er war einer der größten Stinkstiefel, die ich jemals kennenlernen musste. Ganz Borkum war erleichtert, als er vor Jahren der Insel den Rücken gekehrt hat. Und als er bei der Eröffnung der Borkum Brauerei plötzlich wieder als Braumeister hierher zurückkam, wird das vielen Mitbürgern nicht gepasst haben.«

Kapitel 2

Als Kriminalbeamtin war Mona es gewohnt, von manchen Verdächtigen oder Zeugen angelogen zu werden. Daher wunderte sie sich nicht darüber, dass Feldmann nicht die Wahrheit gesagt hatte. Der Brauereibesitzer war nämlich in ihren Augen alles andere als naiv und vertrauensselig. Mit diesen Eigenschaften hätte er wohl kaum ein Unternehmen erschaffen können, das aggressiv die Borkumer Gastro-Szene attackierte. Es war allerdings auch noch eine andere Variante denkbar, und die bezog sich auf den Toten.

»Einige Menschen ändern sich«, meinte Mona. »Womöglich ist Jopp mit den Jahren umgänglicher geworden. Er war ungefähr in deinem Alter, oder?«

»Ja, so ungefähr«, erwiderte der Oberkommissar. »Ich glaube, er wäre in diesem Jahr sechzig geworden. – Grundsätzlich könntest du recht haben, obwohl ich es mir bei Jopp nicht vorstellen kann. Die Befragung des Personals und der Gäste dieser Bierverkostung wird uns hoffentlich ein wirklichkeitsgetreues Bild des Opfers zeigen.«

»Ich habe an seiner Hand einen Ehering gesehen, Enno.«

»Ja, er war verheiratet. Wir müssen seine Ehefrau Femke über den Tod ihres Mannes benachrichtigen. Aber erst sollten wir dem Chef Bericht erstatten.«

Die Inselkommissare kehrten zur Polizeistation zurück. Da es um einen Todesfall ging, nahm sich der Dienststellenleiter sofort Zeit für sie. Hauptkommissar Hinrich Oltbeck empfing Mona und Enno in seinem penibel aufgeräumten Arbeitszimmer. Die Ermittler nahmen auf seinen Besucherstühlen Platz und teilten ihm die wenigen Fakten mit, die ihnen bisher bekannt waren.

»Für mich hört sich Jopps Tod ganz nach dem tragischen Ende eines alkoholisierten Mannes an«, meinte der Chef.

»Diese Möglichkeit besteht«, erwiderte Enno. »Wir sprechen aber über Okko Jopp, dem Sie eine Dienstaufsichtsbeschwerde verdanken. Und Sie waren nicht der Einzige, mit dem er sich angelegt hat.«

»Erinnern Sie mich nicht daran, Herr Moll«, gab Oltbeck seufzend von sich. »Ich hatte diese leidige Angelegenheit erfolgreich verdrängt.«

»Ich weiß überhaupt nicht, worum es geht«, sagte Mona.

»Das Ereignis liegt fast zwanzig Jahre zurück«, begann Oltbeck. »Damals waren Sie noch nicht auf unserer Dienststelle eingesetzt, Frau Sander.«

»Bei der Polizei gibt es eben keine Kinderarbeit«, erwiderte sie trocken. »Vor zwanzig Jahren war ich nämlich elf und ging noch zur Schule.«

Der Chef fuhr fort: »Ich verrichtete damals noch normalen Streifendienst, und eines Tages erwischte ich eine Person, die mit dem Rad durch die Fußgängerzone fuhr.«

»Lassen Sie mich raten – es war Okko Jopp.«

»Richtig, Frau Sander. Als gebürtiger Borkumer hätte er wissen müssen, dass es sich um eine Ordnungswidrigkeit handelt. Ganz abgesehen von den Verkehrsschildern, die Radverkehr auf der Bismarckstraße ausdrücklich untersagen. Wie auch immer, ich schrieb eine Anzeige. Daraufhin reichte Jopp eine Dienstaufsichtsbeschwerde gegen mich ein.«

»Aus welchem Grund?«, wunderte Mona sich.

»Herr Oltbeck hatte das Datum vergessen, daher war die Anzeige nach Jopps Meinung nicht gültig«, erklärte Enno grinsend.

»Der Mann hat anscheinend gern aus einer Mücke einen Elefanten gemacht«, mutmaßte die Kommissarin. Ihr lag die Bemerkung auf der Zunge, dass sie auch schon mit dem Rad durch die Bismarckstraße gefahren war. Allerdings hatte sie sich nicht erwischen lassen. Genau genommen hätte sie sich selbst anzeigen müssen. Wenn Mona von ihren Kollegen auf frischer Tat ertappt worden wäre, hätte sie vermutlich zähneknirschend die Strafe bezahlt und das nächste Mal ihr Zweirad geschoben.

Der Vorgesetzte lächelte.

»Heute kann ich über diese Sache schmunzeln, außerdem wurde das Verfahren gegen mich wegen Geringfügigkeit eingestellt«, sagte er. »Kurze Zeit später verschwand Jopp, nachdem er mit der halben Insel über Kreuz lag. Außer seiner Frau wird ihn wohl niemand vermisst haben. Lebt Femke eigentlich noch?«

»Ich glaube schon«, erwiderte Enno, »jedenfalls habe ich sie vorige Woche noch beim Discounter gesehen. Wir müssen ihr gleich die traurige Nachricht überbringen, allerdings wollten wir erst Sie informieren. Natürlich ist es möglich, dass Jopp durch seine eigene Unachtsamkeit ums Leben kam. Das hätte ihm als Braumeister allerdings nicht passieren dürfen, er arbeitete doch tagtäglich mit Kohlendioxid.«

»Bei unserer denkwürdigen Begegnung damals war Jopp noch Spülhilfe in einem Hotel«, berichtete Oltbeck. »Die Ausbildung als Braumeister muss er auf dem Festland gemacht haben. – Gut, dann finden Sie bitte heraus, ob jemand bei seinem Tod nachgeholfen hat. Und konzentrieren Sie sich nicht nur auf Jopps persönliche Feinde. Es wird so manchen Borkumer Gastronomen geben, dem der Tod des Braumeisters nicht ungelegen kommt.«

»Weil die Brauerei nicht produzieren kann?«

»Richtig, Frau Sander.«

»Ich weiß nicht, wie viele arbeitslose Braumeister es in Deutschland gibt«, dachte die Kommissarin laut nach. »Vermutlich wird es nicht leicht sein, die Stelle sofort wieder zu besetzen. Außerdem ist es nicht jedermanns Sache, auf einer Insel weit vor der niederländischen Küste zu leben.«

»Und mit jedem Tag, den die Brauerei geschlossen hat, verliert Feldmann Geld«, stellte Enno fest. »Wir sollten seine Finanzen überprüfen. Womöglich musste Jopp einfach nur sterben, um seinen Chef in den Ruin zu treiben. Könnten Sie bitte ein Team der Spurensicherung anfordern, um das Sudhaus zu untersuchen? Und wir benötigen einen Sachverständigen zur Beurteilung, ob wirklich ein Unfall mit Kohlendioxid geschehen sein kann.«

»Darum kümmere ich mich. – An Verdächtigen mit einem Mordmotiv wird es Ihnen nicht mangeln«, sagte Oltbeck abschließend. »Geben Sie Bescheid, falls Sie Unterstützung brauchen.«

Die Ermittler versprachen, sich in dem Fall umgehend zu melden. Sie verließen das Chefbüro.

»War Jopp früher schon ein Schluckspecht?«, wollte Mona wissen. Enno schüttelte den Kopf.

»Daran kann ich mich nicht erinnern. Womöglich hat er im Lauf der Jahre mehr Geschmack am Alkohol gefunden. Immerhin musste Jopp sich in seinem Beruf tagtäglich mit Bier beschäftigen, da ist die Versuchung groß. Andererseits traue ich es Feldmann nicht zu, einen Braumeister mit Suchtproblem einzustellen. Du hast ja gehört, dass das Schicksal des Betriebes auf dem Spiel steht.«

»Ja, falls Feldmann mit offenen Karten spielt«, schränkte die Kommissarin ein. »Ich traue ihm nicht.«

»Meldet sich da wieder dein berühmtes Bauchgefühl?«, fragte der behäbige Ostfriese schmunzelnd. Sie nickte.

»Es stimmt natürlich, dass die Borkum Brauerei durch Jopps unerwarteten Tod in eine finanzielle Schieflage geraten kann. Doch woher wissen wir, ob vorher eitel Sonnenschein geherrscht hat?«

Enno hob die Augenbrauen.

»Du denkst an eine Insolvenzverschleppung?«

»Ich bin keine Finanzexpertin, aber das wäre doch denkbar, oder? Feldmann übernimmt sich mit seinem Betrieb, die Umsätze bleiben hinter seinen Erwartungen zurück. Der plötzliche Tod seines Braumeisters verschafft ihm womöglich die nötige Zeit, um der Bank frisches Geld aus dem Kreuz zu leiern. Auch Feldmanns Gläubiger werden verstehen, dass Jopps Tod kein Mensch voraussehen konnte.«

»Ja, außer dem Mörder – falls es einen gibt«, erwiderte der Oberkommissar. »Warum fragst du nicht deinen Liebsten, ob die Borkum Brauerei wirtschaftlich gesund ist? Als Gastronom bekommt er gewiss so einiges mit.«

»Das werde ich tun, aber ich sehe Jan erst nach Feierabend«, erwiderte Mona. »Was kannst du mir über Jopps Frau erzählen?«

Während ihres Gesprächs hatten die Inselkommissare die Polizeistation verlassen und waren in den Dienstwagen gestiegen. Enno ließ den Motor an.

»Femke und Okko haben jung geheiratet. Als er zum Arbeiten aufs Festland ging, ist sie hiergeblieben.«

»Also haben die beiden sich getrennt?«, hakte die Kommissarin nach.

»Nein, das nicht. Jopp war einfach nicht da. Wenn er Urlaub hatte, ist er stets nach Borkum zurückgekehrt. Ansonsten hat er durch Abwesenheit geglänzt.«

»Was ist das für eine Ehe, in der man sich kaum sieht?«, murmelte Mona. Enno zuckte mit den Schultern.

»Auf unserer Insel war es jahrhundertelang üblich, dass die Männer den größten Teil des Jahres fehlten. Die Borkumerinnen kannten es nicht anders.«

Der Oberkommissar spielte natürlich auf die Vergangenheit des Eilands als Walfanginsel an. Wenn die Schiffe Richtung Nordmeer ausliefen, mussten die Ehefrauen und Freundinnen der Seeleute oft monatelang allein bleiben. Und für manche von ihnen war es ein

Abschied für immer, weil etliche Walfänger »auf See blieben« – eine Umschreibung für den nassen Tod auf einer Fangfahrt.

»Diese harten Zeiten sind zum Glück vorbei«, stellte Mona fest.

»Das stimmt«, gab Enno zurück. Er fügte schmunzelnd hinzu: »Und Jopps Ehe hat womöglich deshalb so lange gehalten, weil Femke ihn während all der Jahre nicht so oft ertragen musste.«

Der Oberkommissar brachte den Wagen zum Stehen, sie hatten ihr Ziel erreicht. Jopps Haus befand sich in der Neuen Straße, einer unauffälligen Wohngegend von Borkum. Hier gab es einige preiswerte Pensionen und Ferienhäuser. Ansonsten lebten hier viele Einheimische. Mona war sicher, dass ihr Kollege die meisten Bewohner dieses Viertels beim Vornamen nannte. Im Gegensatz zu ihr war der füllige Friese hier aufgewachsen, er kannte die Insel und ihre Bewohner wie seine Westentasche.

Jopp besaß ein kleines Backsteinhaus, an dessen Schmalseite Heckenrosen für Farbtupfer auf den dunkelroten Ziegeln sorgten. Die Fensterläden waren offensichtlich erst vor Kurzem weiß lackiert worden, und die Glasscheiben blitzten förmlich in der Sonne. Die Ermittler waren ausgestiegen, und Enno betätigte nun die laut schrillende Klingel. Mona bekam weiche Knie. Sie liebte ihren Beruf, doch das Überbringen von Todesnachrichten gehörte zu den schlimmsten Aufgaben einer Polizistin. Dennoch war es eine Aufgabe, die erledigt werden musste.

Trotzdem hatte sie plötzlich einen dicken Kloß im Hals.

Es dauerte einige Augenblicke, bis schlurfende Schritte erklangen. Die Tür wurde geöffnet. Eine ältere Frau, die nicht größer als die nur eins dreiundsechzig messende Kommissarin war, öffnete und schaute den Ostfriesen forschend an.

»Moin, Enno. Willst du zu Okko? Mein Mann ist gar nicht da. Ist das deine Tochter?«

Mona wunderte sich nur teilweise über diese Begrüßung. Es war schon öfter vorgekommen, dass Menschen ihren Kollegen für ihren Papa gehalten hatten, obwohl es keine Familienähnlichkeit zwischen ihnen gab. Viel merkwürdiger fand sie es, dass Frau Jopp sich keine Sorgen um ihren Mann zu machen schien. Die Kommissarin wäre an ihrer Stelle unruhig geworden. Oder verfügte die Seniorin einfach nur über eine erstklassige Selbstbeherrschung?

Enno schüttelte den Kopf.

»Nein, Femke. Mona ist meine Arbeitskollegin, wir sind beide bei der Polizei. Und es geht wirklich um deinen Mann. Dürfen wir einen Moment lang hereinkommen?«

»Ja, natürlich. Ich mache euch einen Tee.«

Die Ehefrau des Toten gab die Tür frei. Die Inselkommissare betraten einen schmalen Korridor. Der Kokosläufer knirschte unter ihren Schritten. Der Flur war mit einigen kitschigen Kunstdrucken dekoriert, die Segelschiffe auf hoher See und Walfänger in winzigen Schaluppen zeigten. Es roch nach Allzweckreiniger und Erbsensuppe. Femke Jopp ging in die Küche voraus. Dort deutete sie wortlos auf eine Eckbank mit einem Tisch, auf dem eine bunte Wachstuchdecke lag. Der Herd war nach Einschätzung der Kommissarin mindestens dreißig Jahre alt und blitzblank geputzt. Die Gastgeberin füllte einen Pfeifkessel mit Wasser und stellte ihn auf die Gasflamme.

Der Oberkommissar hatte sich bereits auf der Eckbank niedergelassen, Mona saß schräg neben ihm. Er faltete die Hände, schien nach den richtigen Worten zu suchen. Doch wie sollte man das, was er zu sagen hatte, beschönigen?

»Femke«, der friesische Name kam wie ein Seufzer über Ennos Lippen, »leider müssen wir dir mitteilen, dass dein Mann nicht mehr lebt.«

Die Frau stand immer noch am Herd. Sie schürzte die Lippen, als ob sie jemanden küssen wollte. Dann fuhr sie sich mit den flachen Händen über das faltige Gesicht, doch ihre Augen blieben trocken. Auch ihr Gesichtsausdruck veränderte sich nicht sonderlich. Nur die Mundwinkel bewegten sich ein wenig nach unten, außerdem begann die Unterlippe fast unmerklich zu zittern.

Mona schätzte Femke Jopp auf Ende sechzig oder Anfang siebzig. Wenn die Kommissarin alles richtig verstanden hatte, war diese Frau den größten Teil ihres Erwachsenenlebens verheiratet gewesen, und zwar stets mit demselben Mann. Dass die beiden einander oft monatelang nicht gesehen hatten, stand auf einem anderen Blatt.

»Das musste ja mal passieren«, gab Femke Jopp nach einer kurzen Pause von sich.

»Wie meinst du das?«, hakte Enno nach.

»Okko war ein guter Mann, die Menschen verstanden ihn aber nicht«, antwortete die Witwe. »Er hatte viele Feinde.«

»Wir wissen noch nicht, auf welche Art Ihr Mann ums Leben kam«, erklärte Mona. Sie siezte Femke Jopp, da sie die Frau nicht kannte und sie außerdem mindestens dreißig Jahre älter war als die Kommissarin. Sie fügte hinzu: »Entweder war es ein Unfall oder jemand wollte Ihrem Mann etwas Böses.«

Femke Jopp ging gar nicht auf sie ein, sondern wandte sich wieder an Enno: »Sag mir, wer meinen Okko getötet hat!«

Der Oberkommissar schüttelte den Kopf.

»Wir haben gerade erst die Nachforschungen begonnen«, erklärte Mona. »Womöglich kam Ihr Mann tatsächlich durch einen Unfall ums Leben.«

Erneut wurde die Kommissarin von der Witwe wie Luft behandelt. Mona runzelte die Stirn. Sie hatte Femke Jopp nichts getan, daher erschien ihr dieses abweisende Benehmen seltsam. Doch diese Frau hatte gerade ihren Ehemann verloren, da konnte man kein höfliches Verhalten erwarten. Außerdem war die junge Ermittlerin für die Insulanerin eine Fremde. Enno kannte sie hingegen schon ihr ganzes Leben lang. So gesehen war es aus Femkes Sicht nachvollziehbar, sich an den Oberkommissar zu wenden. Trotzdem fand Mona es nicht angenehm, aufs Abstellgleis geschoben zu werden.

Die ältere Frau widmete sich nun der Zubereitung des Tees. Vielleicht benötigte sie einige Minuten, um sich zu sammeln. Sie stellte die Teekanne auf ein Stövchen, außerdem kamen Sahne, Kluntjes und Tassen auf den Tisch. Nachdem sie für ihre Gäste und sich selbst eingegossen hatte, öffnete der Oberkommissar den Mund.

»Meine Kollegin hat dir etwas mitgeteilt«, sagte Enno freundlich zu Femke. Natürlich hatte er bemerkt, wie Mona sich fühlte. Ihm entging so leicht nichts. Viele Menschen unterschätzten den Oberkommissar wegen seiner behäbigen und langsamen Art. Doch er war ein ausgezeichneter Beobachter, und von seiner großen Diensterfahrung hatte auch Mona schon so manches Mal profitiert.

Jopps Witwe warf der Ermittlerin nun einen uninteressierten Blick zu, als ob sie Mona erst jetzt richtig bemerken würde. Vielleicht war das ja auch wirklich so.

»Ich glaube nicht, dass Okko durch einen Unfall starb«, sagte sie mit tonloser Stimme. »Er war ein vorsichtiger Mann.«

Diese Aussage ließen die Inselkommissare zunächst unkommentiert stehen.

Enno fragte: »Hast du dich gar nicht darüber gewundert, dass dein Mann nicht nach Hause kam?«

»Okko ging seine eigenen Wege. Und er hatte mir von der Bierverkostung erzählt, die gestern Abend stattfinden sollte. Da würde es spät werden, also richtete ich ihm die Couch im Wohnzimmer. Als ich heute Morgen in die Stube ging, war das Bettzeug unberührt. Da dachte ich mir, dass er vielleicht in der Brauerei übernachtet hätte.«

»Versteh mich bitte nicht falsch, aber hat Okko viel getrunken?«, tastete der Ostfriese sich vor. »Es wäre nämlich denkbar, dass es einen Arbeitsunfall gegeben hat.«

»Okko hat nicht mehr gepichelt, als er vertragen konnte«, sagte die Witwe mit einem Tonfall, der keinen Widerspruch zuließ. »Und wer für seinen Tod verantwortlich ist, wird dafür bezahlen.«

»Sie sprachen von den vielen Feinden, die Ihr Mann hatte«, erinnerte Mona. »Trauen Sie einem davon zu, für seinen Tod verantwortlich zu sein?«

»Das traue ich allen zu«, gab Femke Jopp zurück.

»Was hältst du von Gunter Feldmann, dem Chef deines Mannes?«, fragte Enno.

»Der alte Feldmann ist ein Gauner und der junge Feldmann ein Taugenichts«, erwiderte sie. »Okko sagte immer, dass die Brauerei unter keinem guten Stern steht. Wenn mein Mann dort mehr zu sagen gehabt hätte, wäre es um den Betrieb besser gestellt gewesen.«

»Wie meinst du das?«, hakte der Oberkommissar nach.

»Ich verstehe nichts vom Brauen und vom Geschäft«, lautete die Antwort. »Aber ich erkenne einen unehrlichen Kerl, wenn ich ihn vor mir habe.«

Entweder konnte die Witwe nicht mehr zu dem Thema sagen – oder sie wollte es nicht. Für Mona kamen nur diese beiden Möglichkeiten in Betracht. Die Kommissarin war zwiegespalten, was ihre Meinung über Jopps Arbeitgeber anging. Einerseits fand sie es nachvollziehbar, dass die Borkum Brauerei ohne einen Braumeister nicht produzieren konnte. Andererseits gab es womöglich Gründe dafür, dass Jopp seinem Chef oder dessen Sohn lästig geworden war.

Aber konnte man deshalb von einem Mord ausgehen?

Ennos tiefe Stimme riss sie aus ihren Überlegungen.

»Femke, du müsstest Okko bitte noch offiziell identifizieren. Wir haben den Toten zwar auch schon gesehen, aber das ist Vorschrift.

Wenn du dich dazu in der Lage fühlst, lasse ich dich gleich von einem Streifenwagen abholen. Um die Todesursache zu klären, wird der Leichnam später im gerichtsmedizinischen Institut Oldenburg obduziert.«

Die Witwe nickte, wobei sie keine Gefühlsregungen zeigte.

»Was sein muss, muss sein«, sagte sie.

Mona ließ ihre Visitenkarte auf dem Küchentisch, dann erhob sie sich.

»Das wäre für den Moment alles. Bitte rufen Sie uns an, falls Ihnen noch etwas einfällt. Jede Kleinigkeit kann wichtig sein.«

Mit diesen Worten wollte Mona sich verabschieden. Femke Jopp nahm die Karte in die Hand, dann blickte sie der Kommissarin ins Gesicht.

»Ich kenne dich doch. Wohnst du nicht in der Walfangerstrate, bei Rieke Klasing?«

Mona nickte.

»Ja, Frau Klasing ist meine Vermieterin.«

»Ich bin mal bei Rieke zum Tee gewesen. Ich wusste nicht, dass Polizistinnen heutzutage tätowiert sein dürfen.«

Woher wusste Femke Jopp von Monas Tattoo? Die Kommissarin durchforstete ihr Gedächtnis, dann fiel es ihr ein. Frau Klasing hatte mit einigen Freundinnen im Garten gesessen und Tee getrunken, als Mona heimgekommen war. Die Ermittlerin hatte ein ärmelloses T-Shirt getragen, daher war die Löwenkopf-Tätowierung auf ihrem rechten Oberarm deutlich zu erkennen gewesen.

»Das Tattoo darf im normalen Dienstalltag nicht sichtbar sein«, erklärte Mona lächelnd. Darauf erwiderte die Witwe nichts. Die Kommissarin stieß einen langen Seufzer aus, als sie wieder im Auto saß.

»Das war eine seltsame Begegnung, Enno.«

»Femke zeigt ihre Gefühle nicht, schon gar nicht vor dir. Das musst du nicht persönlich nehmen, Mona. Für sie bist du eine Unbekannte.«

»Eine Fremde mit einem Tattoo«, witzelte die Kommissarin düster. »Ich kann damit leben, wenn mich jemand nicht mag. Aber ich frage mich, ob Femke uns einen Verdacht verschweigt.«

Der Oberkommissar bat zunächst darum, dass ein Streifenwagen die Witwe zur Identifizierung ihres Ehemanns chauffieren sollte. Dann sagte er: »Vielleicht rede ich später noch mit ihr, wenn sie den ersten Schock überwunden hat.«

»Ja, auf meine Gesellschaft kann Femke wahrscheinlich verzichten«, gab Mona zurück. »Hält sie ihren Gatten wirklich für einen guten Menschen oder wollte sie uns gegenüber nur den Schein wahren?«

»Ich würde auf die zweite Möglichkeit tippen«, meinte Enno. »Femke ist eigentlich in Ordnung. Sie legt großen Wert darauf, dass nach außen hin alles stets perfekt ist. Sie ist noch vom alten Schlag, wenn du verstehst, was ich meine. Sie hält zu ihrem Ehemann, auch wenn er den größten Mist baut.«

»Muss Liebe schön sein!«, stieß Mona ironisch hervor. Der Ostfriese schüttelte den Kopf.

»Das hat nichts mit Liebe zu tun. Sie ist eben so erzogen worden, dass sie Okko den Rücken stärkt. Dabei spielt es keine Rolle, ob sie noch etwas für ihn empfindet oder nicht.«

»So etwas kann ich nicht verstehen, aber darum geht es nicht«, erwiderte die Kommissarin. »Es wäre wirklich gut, wenn du sie unter vier Augen noch einmal intensiver aushorchen könntest. Bis dahin können wir uns mit anderen offenen Fragen beschäftigen.«

»Zum Beispiel wäre zu klären, weshalb die Notausgangstür offen stand«, erinnerte Enno.

»Ganz genau, mein Lieber! Falls es einen Täter gab, dann konnte er auf diesem Weg entkommen, ohne von den Leuten bei der Bierverkostung gesehen zu werden.«

Mona hatte nämlich schon bemerkt, dass man nur von der Gaststube aus in den Maschinenraum gelangen konnte. Wer den Produktionssaal verlassen wollte, ohne diesen Weg zu nehmen, dem blieb nur der Notausgang. Doch die Person musste ja zuvor auch durch die Gaststube hereingekommen sein. Es sei denn, jemand hätte von innen die Notausgangstür geöffnet, um einen diskreten Besucher hereinzulassen.

Falls das wirklich so gewesen war – ob es sich bei diesem Menschen um den Mörder handelte?

Kapitel 3

Ennos Magen knurrte unüberhörbar. Mona grinste breit.

»Habe ich soeben den Signalton zur Mittagspause vernommen?«

»Gegen die Natur ist nun mal kein Kraut gewachsen«, entgegnete der Ostfriese.

»Ich könnte auch einen Happen vertragen«, gab die Kommissarin zu. »Lass uns in den *Knurrhahn* gehen, einverstanden?«

Ihr Kollege nickte. Die Ermittler verbrachten ihre Pause meist in dem beliebten Fisch-Imbiss. Sie stellten den Opel Vectra bei der Polizeistation ab und gingen zu Fuß zur Franz-Habich-Straße hinüber. Hier in der Fußgängerzone waren stets viele Urlauber und Kurgäste unterwegs. Doch es gelang ihnen trotzdem, noch einen freien Stehtisch zu ergattern. Mona entschied sich wie üblich für einen Neptunsalat, während Enno Seelachsfilet mit Kartoffelsalat bestellte. Dazu tranken sie alkoholfreies Bier.

»Fahren wir nach dem Essen noch einmal zur Borkum Brauerei, Enno? Ich vermute mal, dass sie geöffnet hat. Trotz Feldmanns Gejammer dürften zumindest für ein paar Tage noch Biervorräte vorhanden sein. Er wird seinen Laden nicht sofort schließen, sondern zumindest den Schankbetrieb aufrechterhalten. Und ich kann mir nicht vorstellen, dass der Besitzer aus Pietätsgründen zusperrt.«

»Nee, so schätze ich Feldmann auch nicht ein«, erwiderte der Oberkommissar schmunzelnd. »Du willst das Personal befragen, oder?«

»Ja, damit können wir schon mal anfangen. Wenn die Borkum Brauerei im Schichtbetrieb arbeitet, werden heute tagsüber nicht dieselben Angestellten arbeiten wie bei der Bierverkostung gestern Abend. Ich will nicht warten, bis Feldmann seine Liste rüberwachsen lässt.«

»Das geht mir genauso. Wir sollten uns die Servicekräfte und die Küchencrew getrennt voneinander zur Brust nehmen, dann sparen wir Zeit«, schlug Enno vor. »Wenn jemand eine wichtige Beobachtung gemacht hat, können wir ihn immer noch später offiziell zu zweit vernehmen.«

»Ja, so machen wir es«, erwiderte Mona und trank einen Schluck Bier. »Ich hoffe, dass die Obduktionsergebnisse bald vorliegen. Bevor ich eine offizielle Mordermittlung beginne, hätte ich gern gewusst, ob nicht doch ein Unfall passiert ist.«

»Ich kann mir nicht vorstellen, dass ein Braumeister so leichtsinnig im Umgang mit Kohlendioxid ist«, dachte der Oberkommissar laut nach. »Andererseits wissen wir noch nicht, wie viel Alkohol Jopp im Blut hatte.«

Die Inselkommissare widmeten sich nun ihrem Essen, bis sie durch das Klingeln von Ennos Smartphone gestört wurden. Der Ostfriese schluckte schnell den Seelachs herunter und nahm das Gespräch an.

»Alles klar, Herr Oltbeck. Nein, wir konnten noch kein Tatmotiv feststellen. Tschüss, bis später.«

Er steckte das Telefon wieder ein.

»Was wollte der Chef denn?«, fragte Mona.

»Oltbeck hat dafür gesorgt, dass morgen ein Kriminaltechnik-Team und ein Sachverständiger für Brauanlagen auf der Insel eintreffen. Dann wird sich gewiss bald herausstellen, ob Jopp wirklich seinem eigenen Leichtsinn zum Opfer gefallen ist.«

»Du glaubst nicht daran, oder?«, wollte die Kommissarin wissen.

»In unserem Beruf zählen letztlich Beweise, aber das muss ich dir ja nicht sagen«, erwiderte Enno lächelnd. »Ich finde es sehr verdächtig, dass Feldmann uns Jopp als einen überall beliebten Muster-Mitarbeiter unterjubeln wollte. Vielleicht hofft er ja, dass wir den Toten nicht kennen.«

»Auf mich trifft das zumindest zu«, sagte Mona. »Ich bin Jopp nie über den Weg gelaufen, als er noch gelebt hat. – Lass uns herausfinden, ob der Braumeister bei seinen Arbeitskollegen genauso beliebt war wie bei seinem Boss.«

Nachdem die Inselkommissare aufgegessen hatten, zahlten sie und holten ihren Dienstwagen. Leichter Regen setzte ein, aber dadurch ließen sich Touristen im September auf Borkum nicht abschrecken. Schon von Weitem konnten die Ermittler sehen, dass die Tische in der Braustube größtenteils besetzt waren. Mona und Enno betraten das Gebäude durch den Haupteingang. Das Lokal verfügte über eine moderne Einrichtung, mit viel hellem Holz und weißen Flächen. Die Wanddekoration bestand nur aus wenigen Ölgemälden, auf denen keine erkennbaren Personen oder Gegenstände dargestellt waren. Es wurde leise Instrumentalmusik gespielt, wie man sie aus Fahrstühlen kannte. Die Kommissarin verstand nun besser, warum es ihrem Kollegen hier nicht gefallen hatte. Ein Mann mittleren Alters kam geschäftsmäßig lächelnd auf die beiden zu. Er trug eine Schürze mit dem Schriftzug Borkum Brauerei, genau wie die zwischen den Tischen und der Theke hin und her eilenden Kellnerinnen.

»Moin, Sie möchten einen Tisch für zwei Personen?«, fragte er.

»Heute nicht«, erwiderte Mona und zeigte ihren Dienstausweis. »Ich bin Kommissarin Sander, das ist Oberkommissar Moll. Wir sind von der Borkumer Polizei. Es geht um den Tod von Okko Jopp.«

»Herr Feldmann rief mich deswegen heute früh an«, erwiderte der Schürzenträger. »Ich bin hier der Restaurantleiter, mein Name ist Meeno Bischof. Herrn Jopps Tod ist ein schrecklicher Verlust für uns alle.«

Selten hatte diese Phrase weniger glaubwürdig geklungen als in diesem Moment, jedenfalls nach Meinung der Kommissarin. Bischof versuchte noch nicht einmal, überzeugend zu klingen. Das war auch Enno aufgefallen, wie ihr ein Seitenblick in seine Richtung bewies. Mona kannte ihren Kollegen inzwischen so gut, dass sie seinen Gesichtsausdruck meist richtig deuten konnte.

»Ich werde mal die Köche befragen«, kündigte er an und verschwand durch die metallene Schwingtür in die Restaurantküche.

»Und nun zu uns beiden«, sagte Mona zu Bischof und schaute ihn erwartungsvoll an. Der Restaurantleiter wand sich wie ein Aal und schaute sich hilfesuchend um.

»Ich weiß nicht, ob ich mit Ihnen sprechen darf«, begann er, doch die Kommissarin fiel ihm gleich ins Wort.

»Was spricht dagegen? Wir haben es mit einem ungeklärten Todesfall in dieser Brauerei zu tun. Herr Feldmann wurde bereits darüber informiert, dass wir die Mitarbeiter befragen. Und wenn er etwas dagegen hätte, dann würden wir es trotzdem tun, verstehen Sie?«

»Ja, in Ordnung.« Mit diesen Worten gab Bischof seufzend nach. Er fügte hinzu: »Was wollen Sie denn wissen?«

»Ich bin an Ihrer ehrlichen Meinung über Jopp interessiert«, betonte Mona und schaute Bischof forschend an.

»Er war ein rechthaberischer Gernegroß!«, platzte es aus dem Restaurantleiter heraus. »Herr Feldmann hat ihn nur eingestellt, weil er dringend einen Braumeister benötigte. Wie soll man sonst eine Brauerei führen? Aber wenn es nach mir ginge, würden wir lieber Fassbier vom Festland kaufen und Jopp zum Teufel jagen.«

Kaum war Bischof der letzte Halbsatz über die Lippen gekommen, als er offensichtlich vor sich selbst erschrak. Mona sah ihm an, dass er sich am liebsten auf die Zunge gebissen hätte. Der Zeuge hob abwehrend die Hände, als ob er einen Faustschlag erwartete.

»Nein, so war das nicht gemeint! Ich habe nichts mit Jopps Tod zu schaffen, das muss ein Unfall gewesen sein!«

»Noch kennen wir nicht alle Fakten«, sagte die Kommissarin, während sie sich Notizen machte. »Haben Sie während der Bierverkostung gearbeitet, Herr Bischof?«

»Ja, natürlich. Diese Veranstaltung mit geladenen Gästen war für unsere Brauerei sehr wichtig, Frau Sander. Herr Feldmann hatte die wichtigsten Menschen unserer Insel eingeladen, um Werbung für die Borkum Brauerei zu machen. Natürlich hofft er auf Lieferverträge mit den großen Hotels. Ich hatte also alle Hände voll zu tun.«

»Wo befand sich Jopp?«, hakte Mona nach.

»Ich bekam ihn nur einige Male kurz zu sehen«, lautete die Antwort. »Einmal stritt er sich mit Herrn Feldmann, ich konnte aber nicht hören, worum es ging. Jopp legte sich übrigens mit jedem an, der eine andere Meinung vertrat als er selbst. Und er war der Meinung, grundsätzlich immer im Recht zu sein.«

Diese Einschätzung deckte sich mit den Informationen, die Mona von Enno und Oltbeck erhalten hatte. Jopp war offensichtlich kein umgänglicher Zeitgenosse gewesen. Warum sagte Feldmann über seinen Angestellten so offensichtlich die Unwahrheit? Ging es dem Brauereibesitzer nur darum, seinen Betrieb mitsamt Personal in ein gutes Licht zu rücken? Oder steckte mehr dahinter?

»Haben Sie gesehen, dass Jopp das Sudhaus betreten hat?«, wollte Mona wissen. »Und wenn ja: Um welche Uhrzeit ist das geschehen?«

Bischof schüttelte den Kopf.

»Ich bedaure, dazu kann ich nichts sagen. Um ein Uhr morgens sind die letzten Gäste gegangen. Die Kellnerinnen und ich haben noch aufgeräumt, aber nur hier in der Schankstube. Im Sudhaus bin ich nicht gewesen.«

Mona schrieb sich auch diese Angaben auf, dann ließ sie sich noch Bischofs Telefonnummer geben und bedankte sich.

»Ich bekomme doch keine Schwierigkeiten, oder?«, fragte der Restaurantchef. Er machte einen beklommenen Eindruck.

»Nicht, wenn Sie die Wahrheit gesagt haben.«

Mit dieser Bemerkung wandte sich die Ermittlerin von ihm ab und ging zum Tresen hinüber. Als eine der Bedienungen mit leeren Bierkrügen von den Gästetischen zurückkehrte, trat Mona auf sie zu.

»Moin, ich müsste mal kurz mit Ihnen reden.«

Die Kellnerin war schätzungsweise Mitte zwanzig, schlank, brünett und dezent geschminkt. Sie wirkte gestresst.

»Leider habe ich momentan überhaupt keine Zeit«, beteuerte sie.

»Die werden Sie sich nehmen müssen«, erwiderte Mona und zeigte ihren Dienstausweis. Außerdem nannte sie ihren Namen und ihren Dienstgrad. Die Angestellte warf Bischof einen furchtsamen Blick zu, doch der Restaurantleiter nickte und machte eine auffordernde Handbewegung. Daraufhin gab die Kellnerin nach.

»Also gut, aber dann lassen Sie uns rausgehen. Dann kann ich wenigstens eine Zigarettenpause nehmen.«

Die Kommissarin war einverstanden. Beim Verlassen des Lokals erkundigte sie sich nach dem Namen der Zeugin. Die Bedienung hieß Rhea Drees. Inzwischen hatte der Regen schon wieder aufgehört. Mona musste an den Spruch denken, dass man in Ostfriesland alle vier Jahreszeiten – Frühling, Sommer, Herbst und Winter – an einem Tag erleben könnte. Trotz einiger Übertreibung hatte diese Behauptung doch einen wahren Kern.

Rhea Drees lehnte sich gegen die Wand der Brauerei, fischte eine Zigarettenschachtel aus ihrer Schürzentasche und steckte sich einen Glimmstängel an.

»Sie sind wegen Jopp hier, richtig?«, wollte die Bedienung wissen, während sie den grauen Rauch schräg nach oben durch den Mund ausstieß.

»Ja, genau. Wann haben Sie gehört, dass er nicht mehr lebt?«, fragte Mona.

»Als wir vorhin das Lokal aufschlossen, hat uns Herr Feldmann über den Tod des Braumeisters informiert. Er soll betrunken in einen Biertank gefallen sein, stimmt das?«

»Die Ermittlungen laufen noch, wir machen uns ein Bild von der Lage«, antwortete die Kommissarin. »Was für ein Mensch war Okko Jopp?«

Rhea Drees rümpfte die Nase und zog erneut an ihrer Zigarette.

»Ich würde ihn als Widerling bezeichnen, Frau Sander. Es tut mir leid, wenn ich mich mitleidlos anhöre. Aber Jopp hat mich nie respektiert, warum sollte ich es tun? Nur weil er nicht mehr lebt?«

Mona ließ diese Frage unbeantwortet. Stattdessen sagte sie: »Ich möchte verstehen, wie Sie zu diesem Urteil über Jopp kommen.«

»Ganz einfach: Er hat alle jungen Frauen belästigt, die in seine Nähe gekommen sind«, erwiderte die Kellnerin heftig. »Sie hätte er garantiert auch befummelt, wenn er noch leben würde. Naja, vielleicht nicht, weil Sie ja Polizistin sind. Dafür wäre er wahrscheinlich zu feige gewesen. Aber meine Kolleginnen und ich haben stets vermieden, in seine Nähe zu kommen. Vor allem hätte ich nie mit ihm allein in einem Raum sein wollen.«

Die Ermittlerin wiederholte diesen Satz in Gedanken noch einmal: *Ich hätte nie mit ihm allein in einem Raum sein wollen.* Traf dieser Satz womöglich auf Chantal Willer zu? Hatte sie Jopp nicht nur gefunden, sondern war zuvor von ihm bedrängt worden? Sie war eine junge, attraktive Frau, würde also in sein Beuteschema passen. Mona nahm sich vor, umgehend mit Enno über ihre neuen Informationen zu sprechen. Zuvor wollte sie von Rhea Drees noch etwas anderes wissen: »Haben Sie etwas wegen dieser Attacken unternommen? Sexuelle Belästigung ist strafbar.«

»Glauben Sie, das weiß ich nicht? Eine meiner Kolleginnen ist zu Herrn Feldmann gegangen, nachdem Jopp ihr an den Po gefasst hatte. Aber der Chef hat sich stur gestellt und den Miesling sogar in Schutz genommen. Jopp hatte hier in der Brauerei so etwas wie Narrenfreiheit. Er konnte brauen, ohne ihn hätten wir kein eigenes Bier produzieren können. Das hat er uns oft genug unter die Nase gerieben.«

»Sie hätten auch zur Polizei gehen können«, gab Mona zu bedenken. Die Bedienung zuckte mit den Schultern und trat ihre Zigarettenkippe mit dem Schuhabsatz aus.

»Theoretisch haben Sie recht, Frau Sander. Aber Jopp war clever. Er machte sich immer nur an uns heran, wenn es keine Zeugen gab. Und der Chef stand wie gesagt hinter ihm. Ich weiß nicht, ob eine von den anderen Frauen etwas gegen ihn unternommen hat, ich habe es jedenfalls nicht getan. Es war einfacher, ihm aus dem Weg zu gehen.«

»Wann haben Sie Jopp zum letzten Mal gesehen?«, fragte die Kommissarin.

»Gestern Nachmittag, als ich meine Schicht beendete. Da tauchte er kurz aus dem Sudhaus auf und zwinkerte mir zu. Ich machte, dass ich nach Hause kam.«

»Haben Sie nicht bei der Bierverkostung gearbeitet?«

»Nein, an dem Abend hatte ich frei.«

Mona ließ sich von Rhea Drees noch ihre Mobilfunknummer geben, dann beendete sie die Befragung. Nach und nach nahm die Kommissarin sich die anderen Bedienungen vor. Sinngemäß sagten sie alle dasselbe: Die Frauen hatten Jopp verabscheut und waren alle von ihm bedrängt worden. Während dieser Gespräche fühlte Mona unbändige Wut in sich aufsteigen. Jopp konnte sie es nicht mehr heimzahlen – aber Feldmann hatte das Verhalten seines Braumeisters offensichtlich gedeckt!

Als die Kommissarin das Servicepersonal befragt hatte, kehrte auch Enno aus der Restaurantküche zurück. Die Inselkommissare verließen die Borkum Brauerei, um sich draußen zu beraten. Zuvor hatte Mona noch in Erfahrung gebracht, dass Feldmann sich momentan vermutlich in seinem Ferienhaus aufhielt. Anscheinend schaute er in seinem Betrieb nur dann und wann nach dem Rechten.

»Eine junge Beiköchin hat mir erzählt, dass Jopp ihr zu nahe gekommen ist«, sagte Enno, wobei er seine Augenbrauen zusammenzog. Es kam selten vor, dass Mona ihren gleichmütigen Kollegen gereizt erlebte. Offenbar war er genauso empört über Jopp wie sie selbst.

»Der Braumeister glaubte anscheinend, sich alles herausnehmen zu können«, fasste die Kommissarin zusammen. »Sind wir uns einig, dass auch Chantal Willer nicht vor ihm sicher gewesen wäre?«

»Dafür würde ich meine Hand ins Feuer legen«, erwiderte Enno. »Wir sollten sie offiziell zum Verhör auf die Dienststelle vorladen. Sie könnte bei seinem Tod durchaus nachgeholfen haben.«

Mona nickte.

»Chantal sucht ihre Handtasche im Sudhaus, sie ist nicht mehr ganz nüchtern. Jopp verfolgt sie, will ihr an die Wäsche. Es kommt zum Kampf. Sie schafft es, den Mann in den Biertank zu stoßen, zumindest mit dem Oberkörper. Womöglich wollte sie ihn gar nicht bewusst töten, sondern ihn sich nur für den Moment vom Hals schaffen. Doch das Kohlendioxid gibt Jopp den Rest, womöglich war er wirklich sturzbesoffen.«

Kapitel 4

Feldmann besaß ein großes Ferienhaus an der Waterdelle. Das war eine besonders ruhige Ecke Borkums ohne viel Durchgangsverkehr. Man hatte einen schönen Blick auf die Dünenlandschaft, und bei den passenden Windverhältnissen konnte man die Nordsee an den nahe gelegenen Jugendstrand branden hören.

Die Inselkommissare parkten ihren Opel Vectra direkt vor dem Anwesen. Mona klingelte Sturm. Sie war jetzt genau in der richtigen Stimmung, um jemandem den Kopf zu waschen. Wenn sie es nicht schaffte, ihr berüchtigtes Temperament zu zügeln, würde sie Ärger bekommen. Zum Glück war ja Enno bei ihr, um sie zu bremsen.

Chantal Willer öffnete selbst die Tür. Sie trug nun Shorts und ein enges ärmelloses Top, das ihre gute Figur betonte. Die junge Frau duftete nach Duschgel und schenkte den Ermittlern ein unverbindliches Lächeln.

»Ah, Sie sind es! Gibt es noch Fragen?«

»Ja, doch darüber möchten wir mit Ihnen auf der Dienststelle sprechen«, sagte Enno freundlich. Chantals Erscheinen hatte Mona ein wenig den Wind aus den Segeln genommen. Die Kommissarin war hauptsächlich auf Feldmann sauer, weil er Jopps Treiben nicht gestoppt hatte. Falls die Sekretärin wirklich für den Tod des Braumeisters verantwortlich war, ging es vielleicht um eine Notwehrüberschreitung. Doch dazu hätte es gar nicht erst kommen müssen, wie Mona fand. Chantal machte einen verblüfften Eindruck.

»Ich soll zur Polizeistation kommen? Aber ich habe nichts Falsches getan!«, beteuerte sie. Nun erschien Gunter Feldmann auf der Bildfläche. Er legte seine Hand auf die Schulter seiner Angestellten. In diesem Moment war die Kommissarin endgültig sicher, dass die beiden mehr waren als nur Chef und Sekretärin. Sie hatte vorher schon so etwas vermutet.

»Gibt es Probleme?«, fragte der Brauereibesitzer. Er warf den Ermittlern einen drohenden Blick zu. Damit erreichte er bei Mona das genaue Gegenteil.

»Es ist nicht hilfreich, wenn Sie eine Mordermittlung mit einer Märchenstunde verwechseln«, fauchte sie. »Wir haben inzwischen einige Dinge über Okko Jopp in Erfahrung gebracht, die wir gern mit Frau Willer besprechen würden.«

»Dafür gibt es keinen Anlass«, behauptete der Unternehmer. »Herr Jopp kam durch einen bedauerlichen Unfall ums Leben. Chantal wird Sie nicht begleiten.«

»Haben Sie auch eine eigene Meinung?«, fragte Mona die Sekretärin direkt. Chantal Willer machte einen verlegenen Eindruck. Sie wäre wahrscheinlich am liebsten vor Scham im Boden versunken.

»Ich weiß nicht … ich habe schon alles gesagt, was es zu sagen gibt«, murmelte sie.

»Da hören Sie es«, knurrte Feldmann. »Hören Sie auf, uns zu belästigen.«

Mit diesen Worten knallte er den Inselkommissaren die Tür vor der Nase zu. Mona hätte ihn am liebsten sofort verhaftet, aber dafür gab es keine Handhabe. Auch Chantal konnte momentan nicht zu einer weiteren Aussage gezwungen werden. Der Oberkommissar warf seiner Kollegin einen aufmunternden Blick zu.

»Komm, ärgere dich nicht. Wir machen für heute Feierabend. Morgen bitten wir den Staatsanwalt in Emden, der Dame eine offizielle Vorladung für ein Polizeiverhör zu schicken. Wenn sie der Aufforderung nicht nachkommt, können wir andere Saiten aufziehen.«

»Ich bin überzeugt davon, dass Chantal Okko Jopp getötet hat!«, sagte Mona. »Dabei wollte sie sich gewiss nur ihrer Haut wehren. Ihr schlechtes Gewissen brachte sie schließlich sogar dazu, die Polizei zu alarmieren.«

»Einverstanden, so könnte es gewesen sein«, meinte Enno. »Aber warum sagt sie nicht, was wirklich geschehen ist? Verschließt sie die Augen vor der Wirklichkeit und will nicht wahrhaben, dass sie ihn auf dem Gewissen hat? Oder findet sie ihre Tat so schrecklich, dass sie einfach nicht darüber sprechen kann?«

»Wir wissen nicht, wie weit die Belästigungen gegangen sind«, machte die Kommissarin deutlich. »Womöglich hat Jopp sich sogar an Chantal vergangen, und sie schweigt aus Scham. Sie wäre nicht das erste Opfer, das so handelt. Natürlich muss sie sich trotzdem für das verantworten, was dann geschehen ist.«

»Womöglich findet sich bei der Obduktion ihre DNA unter Jopps Fingernägeln«, mutmaßte der Oberkommissar.

»Ja, das kann ich mir auch vorstellen«, erwiderte Mona.

Die Inselkommissare fuhren zur Dienststelle zurück und brachten ihren Vorgesetzten auf den neuesten Stand. Die Aussicht, schon nach so kurzer Zeit eine Hauptverdächtige zu haben, gefiel Oltbeck offenbar.

»Falls der Staatsanwalt nicht sofort von einer Vorladung zu überzeugen ist, kann ich auch mit ihm reden«, bot der Chef an. Die Ermittler bedankten sich und verließen die Polizeistation wieder.

Die Kommissarin schwang sich auf ihr Rad und machte sich auf den Weg zur Walfangerstrate, wo sie in ihrer Wohnung duschte und sich umzog. Außerdem meldete sich ihr Magen zu Wort, aber sie wollte ja ohnehin ihren Freund in dessen Lokal besuchen.

Jan Lummers Kneipe Nordsee Kajüte befand sich nicht im Borkumer Ortskern, sondern unweit des Fährhafens. Während Mona sich auf der schnurgeraden Reedestraße in Richtung ihres Fahrtziels bewegte, ging sie den Fall in Gedanken noch einmal durch. Natürlich wäre es wünschenswert gewesen, nach Dienstschluss komplett abschalten zu können. Aber der Kommissarin gelang das nur, wenn sie und Enno kleinkriminelle Delikte wie Taschendiebstahl abarbeiten mussten. Wenn hingegen ein Mörder auf freiem Fuß war, fand Mona bis zu dessen Verurteilung keine innere Ruhe.

Aber – konnte man Chantal überhaupt als Mörderin bezeichnen? So, wie die Dinge lagen, hatte sie sich wahrscheinlich nur ihrer Haut gewehrt. Letztlich lag es in den Händen der Staatsanwaltschaft, ob Anklage wegen Mord oder Totschlag oder Notwehrüberschreitung erhoben wurde. Die Polizei musste nur die Basis dafür schaffen, indem sie genügend Fakten lieferte.

Die Kriminalistin ärgerte sich ein wenig über sich selbst, weil sie den Abend nicht richtig genießen konnte. Es war momentan angenehm kühl, der Nordwind wehte nur mit mäßiger Geschwindigkeit. Über die Nordsee-Horizontlinie zogen Schleierwolken hinweg, die von der untergehenden Sonne rot gefärbt wurden. Mona schob ihr Gefährt in den eisernen Fahrradständer vor dem Lokal und betrat die Nordsee Kajüte. Jan blickte auf und lächelte, als er seine Freundin sah.

»Moin, hast du schon Feierabend? Wie wäre es mit einem Bier?«
»Da sage ich nicht Nein.«

Mit diesen Worten stellte sie sich vor dem Tresen auf die Zehenspitzen, beugte sich vor und gab Jan einen Kuss. Dann glitt Mona auf einen der freien Barhocker und ließ ihre Blicke durch das

Lokal schweifen. Die meisten Tische waren von Paaren oder kleinen Gruppen besetzt. Aus Erfahrung wusste die Kommissarin, dass die meisten Gäste des Lokals Segler aus dem nahe gelegenen Yachthafen waren. Aber auch Radwanderer, die einen Abstecher zum Hafen machten, legten bei Jan gern eine Pause ein. Die Nordsee Kajüte war das absolute Gegenteil des modernen Schankraums der Borkum Brauerei. Jan bevorzugte dunkles Holz und verstaubte maritime Dekoration, vom ausgestopften Schwertfisch bis zum Steuerrad eines untergegangenen Schiffs.

»Ja, für heute muss ich mir nicht mehr den Kopf über meinen aktuellen Fall zerbrechen«, verkündete die Kommissarin mit einem wohligen Seufzer. »Ist die Küche noch auf?«

»Für dich doch immer«, erwiderte der Wirt freundlich blinzelnd. Er ging durch die Schwingtür, um für seine Freundin eine Bestellung aufzugeben. Es war nicht nötig, eine Auswahl zu treffen, denn es stand sowieso nur ein Gericht auf der Karte. Als Jan zurückkehrte, zapfte er weiter das Bier für Mona.

»Ich habe schon gehört, dass es in der Borkum Brauerei einen Toten gegeben hat«, sagte er so betont beiläufig, dass seine Neugier nicht zu verkennen war. Die Kommissarin musste sich nicht fragen, woher ihr Freund diese Information hatte. Auf einer abgelegenen Insel verbreiteten sich Neuigkeiten schnell, das hatten sie schon vor Erfindung des Internets getan. Die Tageszeitung lieferte zwar Informationen, aber die meisten Borkumer verließen sich lieber auf den direkten Austausch mit ihren Nachbarn und Freunden.

»Du weißt ja, dass ich dir über laufende Ermittlungen nichts erzählen darf«, begann Mona, »trotzdem würde es mich interessieren, was du allgemein von der Borkum Brauerei und ihrem Besitzer Gunter Feldmann hältst.«

»Also, ich mache keine Geschäfte mit Feldmann. Reicht dir diese Aussage, Mona?«

»Leider nicht, mein Lieber. Ich möchte es schon etwas genauer wissen. Laut der Gerüchteküche ist Feldmann in der hiesigen Gastronomie-Szene nicht gerade beliebt.«

»Ja, das kann ich nur bestätigen.«

Mit diesen Worten füllte Jan das Bierglas nun bis zum Eichstrich und stellte es vor seine Freundin hin. Dann fuhr er fort: »Die meisten von uns haben ja Verträge mit anderen Brauereien, die teilweise seit vielen Jahren existieren. Man wechselt nicht so einfach den

Lieferanten. Schon gar nicht, wenn es sich um so eine halbseidene Type wie Feldmann handelt.«

»Was genau meinst du damit?«, hakte Mona nach und nippte an ihrem Glas.

»Feldmann hat Preise, mit denen er eigentlich nicht konkurrenzfähig sein kann. Er will als Billig-Konkurrenz systematisch so viele Gastwirte wie möglich ruinieren, um dann den übrigen als Haupt-Bierquelle die Pistole auf die Brust setzen zu können. Er lässt den edlen Hopfensaft nicht nur brauen, sondern verkauft ihn außerdem in seiner eigenen Schankwirtschaft. Feldmann ist also zudem selbst Gastronom. Obwohl wir uns auf Borkum über einen Mangel an Urlaubsgästen nicht beklagen können, verkraftet selbst eine Touristeninsel nur eine bestimmte Anzahl an Gastronomie-Betrieben. Und dank Feldmanns aggressiver Preispolitik müssen sich jetzt schon einige Kollegen Sorgen um ihre Existenz machen.«

»Ich hoffe, das gilt nicht für dich.«

Jan grinste breit.

»Nee, ich komme schon zurecht«, beteuerte er. »Ich habe viele Stammgäste, die auch ein paar Cent mehr für ihr Bier ausgeben. Und notfalls muss ich eben den Laden dichtmachen und bei meiner Freundin unterkriechen, die eine unkündbare Staatsdienerin ist.«

»Träum weiter!«, gab die Kommissarin kichernd zurück. »Hast du Feldmann mal persönlich kennengelernt?«

»Ja und nein. Du denkst wahrscheinlich an den Seniorchef, oder? Gunter Feldmann habe ich nur mal aus der Entfernung auf der Bismarckstraße gesehen, wo er wahrscheinlich gerade die Konkurrenz ausspioniert hat. Er sieht aus wie ein Playboy in Frührente. Er hatte so ein Blondchen dabei, das glatt seine Tochter hätte sein können.«

»Vorsicht!«, rief Mona, wobei sie scherzhaft mit dem Finger drohte. »Ich bin auch blond – zwar rotblond, aber trotzdem.«

»Du bist aber nicht dreißig Jahre jünger als dein Freund.«

»Wenn ich dreißig Jahre jünger wäre als du, dann dürfte ich erst fünf sein«, gab die Kommissarin trocken zurück. »Und du bist sicher, dass die beiden ein Liebespaar waren?«

»Immerhin gingen sie Hand in Hand. Und Feldmann stolzierte wie ein Gockel. Das Schaulaufen vor den vielen Leuten auf den Terrassen der Lokale gefiel ihm ausgezeichnet.«

Mona ließ sich von Jan die Begleiterin des Brauereibesitzers genauer beschreiben. Es gab keinen Zweifel daran, dass er Gunter Feldmann und Chantal Willer in trauter Zweisamkeit gesehen hatte. Mona war sowieso davon ausgegangen, dass die beiden nicht nur beruflich miteinander verbunden waren. Doch plötzlich fragte die Kommissarin sich selbstkritisch, ob sie sich nicht vorschnell auf die Sekretärin als Täterin eingeschossen hatte.

Auch Feldmann wusste schließlich von Jopps Vorliebe für junge Frauen. Gewiss, seinen Angestellten gegenüber hatte der Chef seinen perversen Braumeister stets in Schutz genommen. Aber was wäre passiert, wenn Chantal durch Jopp belästigt wurde? Womöglich liebte Feldmann diese Frau wirklich. Hätte er in dem Fall nicht alles getan, um sie zu schützen? Waren vielleicht die Nerven mit ihm durchgegangen?

Jans Stimme riss sie aus ihren Überlegungen.

»Wie gesagt, mit dem alten Feldmann hatte ich noch nicht das Vergnügen. Aber sein Sohnemann ist vorige Woche hier bei mir aufgekreuzt. Er wollte mir einen Exklusivvertrag andrehen, dann hätte ich mein Bier nur noch von den Feldmanns bezogen. Aber ich erkenne einen Knebelvertrag, wenn ich ihn sehe. Sicher, am Anfang wären die Preise traumhaft niedrig gewesen. So kann man in Deutschland nicht gewinnbringend produzieren. Ich bin nicht dämlich, Mona. Später hätte Feldmann die Daumenschrauben problemlos anziehen können.«

»Nämlich dann, wenn er alle anderen Brauereien auf der Insel weggebissen hat?«, fragte Mona direkt.

»Ja, dazu wird es aber wohl sowieso nicht kommen.«

»Weshalb nicht, Jan?«

»Weil Feldmann kurz vor der Pleite steht! Ich habe zwar nicht in seine Geschäftsbücher linsen können, aber diese Information stammt angeblich von einem Kundenberater seiner Hausbank, der in einem anderen Borkumer Lokal den Mund nicht halten konnte.«

Die Kommissarin gab normalerweise nichts auf Tratsch. Doch in diesem Fall konnte die Information durchaus stimmen. Wenn die Borkum Brauerei wirklich nicht kostendeckend arbeitete, spielte Feldmann finanziell mit dem Feuer. Dann wäre der Tod seines Braumeisters wirklich eine Katastrophe für ihn.

Aber würde Feldmann zulassen, dass Jopp seine Geliebte belästigte?

Mona nahm sich vor, das Verhältnis dieser beiden Männer zueinander noch genauer zu beleuchten.

»Wie hat Feldmann junior reagiert, als du sein Angebot ausgeschlagen hast?«, wollte sie von ihrem Freund wissen. Jans Grinsen wurde noch breiter.

»So, wie ich es von diesem Lackaffen erwartete. Er spielte den Überlegenen und prophezeite, dass es mein Lokal sowieso nicht mehr lange geben würde. Ich hätte die Chance versäumt, mit der Zeit zu gehen, und wäre rettungslos altmodisch.«

»Und wie hast du reagiert, Jan?«

»Indem ich die Klappe hielt und ihn auflaufen ließ. Nachdem ich nichts mehr sagte, hat er wenig später aufgegeben und sich verdrückt. Meinetwegen kann er bleiben, wo der Pfeffer wächst.«

Mona bewunderte insgeheim die unerschütterliche Ruhe, mit der Jan und auch ihr Kollege Enno manche unangenehmen Situationen bereinigten. Schweigen konnte eine sehr starke Waffe sein, wenn man sie richtig einsetzte. Die Kommissarin selbst wurde leider immer wieder von ihrem eigenen Temperament ausgetrickst, weil sie viel zu oft erst redete und dann nachdachte. Es würde ihr wohl nichts anderes übrigbleiben, als diesen Charakterzug bei sich selbst zu akzeptieren.

Sie beschloss, für den Rest des Abends ihren aktuellen Fall zu vergessen. Der Koch kam durch die metallenen Schwingtüren und brachte Seelachs mit Kartoffelsalat.

»Guten Appetit, Mona«, sagte der Mann mit der schmuddligen Schürze.

»Danke, Fiete.«

Der Koch nickte und verschwand wieder in seinem kleinen Reich. Die Kommissarin begann zu essen.

»Wie lange bleibst du heute?«, fragte Jan hoffnungsvoll.

»Bis du Feierabend machst«, erwiderte sie und blinzelte ihm zu. »Ich bin nämlich noch nicht müde.«

***

»Moin, Mona. Der Staatsanwalt will Chantal offiziell vorladen lassen.«

Mit dieser Neuigkeit wurde die Kommissarin am nächsten Morgen von Enno empfangen, als sie gut gelaunt ihr Arbeitszimmer in der Polizeistation betrat.

»Gut, dann werden wir der Dame die gute Nachricht höchstpersönlich zustellen«, erwiderte sie. »Und ich habe auch noch weitere Informationen über Feldmann bekommen können.«

Mona berichtete ihrem Kollegen, was sie von Jan über die Finanzlage und die Geschäftspraktiken des Brauereibesitzers erfahren hatte. Der Oberkommissar faltete die Hände über seinem runden Bauch und schaute aus dem Fenster. Er wirkte nachdenklich.

»Wenn die Feldmanns wie die Elefanten im Porzellanladen durch die Borkumer Gastronomie toben, machen sie sich vermutlich viele Feinde«, meinte der Ostfriese. »Es gibt zwar keinen Wirt, dem ich auf Anhieb einen Mord zutrauen würde …«

»… aber wenn jemand verzweifelt genug ist, könnte er die Brauerei torpedieren, indem der Braumeister beseitigt wird«, vollendete Mona den Satz. Sie fügte hinzu: »Und Jopp war anscheinend auf Borkum allgemein unbeliebt, was mich nicht wundert. Für jemanden mit Mordabsichten ist es sicher einfacher, so einen Menschen um die Ecke zu bringen.«

»Ja, außer Femke hat wohl niemand zu ihm gehalten«, brummte Enno. »Dennoch wäre es möglich, dass Jopp auf unserer Insel mit jemandem befreundet war. Das sollten wir noch herausfinden.«

Nachdem das Fax von der Staatsanwaltschaft in Emden eingetroffen war, machten die Ermittler sich wieder auf den Weg zum Ferienhaus der Feldmanns. Der Oberkommissar saß am Lenkrad. Er warf seiner Kollegin einen Seitenblick zu.

»Ich schlage vor, dass ich diesmal rede. Mit Feldmann ist nicht gut Kirschen essen, wir sollten unnötige Konflikte vermeiden.«

»Den Wink mit dem Zaunpfahl habe ich verstanden«, gab Mona lachend zurück. »Ich werde brav meine vorlaute Klappe halten, damit Chantals ergrauter Casanova mir keine Dienstaufsichtsbeschwerde reindrücken kann.«

»Das hast du schön gesagt«, gab der stämmige Ostfriese schmunzelnd zurück. Nachdem sie ausgestiegen waren und geklingelt hatten, wurde ihnen wieder von der Sekretärin geöffnet. Enno überreichte ihr die Vorladung und erklärte, dass sie der Aufforderung nachkommen müsse.

»Herr Feldmann möchte, dass mich ein Rechtsanwalt begleitet«, hauchte Chantal Willer. Mona fand, dass ihr Tonfall fast entschuldigend klang. Die Situation schien ihr unangenehm zu sein.

»Das steht Ihnen selbstverständlich frei«, erwiderte der Oberkommissar.

»Mein Chef hat einen Juristen aus Emden hierher beordert, er ist schon auf der Fähre«, erklärte Chantal. Enno schaute auf seine alte, zerschrammte Herren-Armbanduhr.

»Sehr gut. Wollen wir uns um siebzehn Uhr auf der Polizeistation in der Strandstraße treffen? Dann bleibt Ihnen noch genügend Zeit, damit Sie sich mit Ihrem Rechtsbeistand beraten können.«

»Ich werde pünktlich dort sein«, versicherte die Blonde. »Und ich rufe gleich den Anwalt an und teile ihm den Termin ebenfalls mit. – Diese Liste soll ich Ihnen übrigens von Herrn Feldmann geben.«

Sie drückte dem Ermittler drei zusammengetackerte DIN-A4-Seiten in die Hand. Es handelte sich um die Namen, Adressen und Telefonnummern der Personen, die zu der Bierverkostung eingeladen gewesen waren.

Enno bedankte sich, und die Inselkommissare traten den Rückzug an.

»Feldmann fährt schwere Geschütze auf«, meinte die Ermittlerin, als sie wieder im Auto saßen. »Wozu ein Rechtsanwalt, wenn wir Chantal einfach als Zeugin befragen wollen?«

»Es ist gar nicht so schlecht, den Juristen dabeizuhaben«, meinte Enno. »Dann kann Chantals Chef hinterher nicht behaupten, dass wir ihr das Wort im Mund verdreht oder sie hereingelegt hätten.«

»Das stimmt wohl«, sagte Mona. »Kann ich die Liste mal sehen? Lass uns doch die Zeit bis zum späten Nachmittag nutzen und möglichst viele von diesen Leuten befragen.«

»Können wir gern machen.«

Mit diesen Worten reichte der Oberkommissar seiner Kollegin die Aufstellung.

»Ralf Timms steht hier als erster Eintrag. Dem gehört doch die Surfschule Timms, oder? Die Sportskanone hat mit Gastronomie ja nun gar nichts zu tun. Wahrscheinlich wurde er von Feldmann eingeladen, weil der Brauereibesitzer ihn als einen Influencer betrachtet.«

»Was ist denn ein Influencer?«, wollte Enno wissen.

»Ein Taugenichts, der keinen anständigen Beruf gelernt hat und wie wild Selfies in den sozialen Medien postet«, meinte Mona grinsend. »Auf Timms trifft das allerdings nicht zu, er hat mal Sport studiert und ist sehr erfolgreich. Durch seine Surfschule hat er ständig Kontakt zu Touristen. Wenn er auch nur einem Teil davon die Borkum Brauerei empfiehlt, klingelt bei Feldmann die Kasse.«

Kapitel 5

Die Kommissarin vermutete Timms am Strand. Borkum war ein Eldorado des Wassersports, und an Wind- und Kite-Surfern sowie Stand-up-Paddlern herrschte vor den Ufern der Insel kein Mangel. Die Surfschule des Zeugen befand sich am Hauptstrand, auf Höhe des Jugendbades. Die Ermittler parkten an der Jann-Berghaus-Straße und gingen zum Strand hinunter. Dort herrschte Hochbetrieb, obwohl sich die Saison dem Ende zuneigte und es allmählich frischer wurde. Man sah nur noch wenige Schwimmer im Wasser, dafür umso mehr Sportler in ihren Neoprenanzügen.

Mona kannte Timms nicht persönlich, hatte allerdings einmal ein Foto von ihm in der Lokalzeitung gesehen. Er stand vor der kleinen rot gestrichenen Bretterbude, in der sich seine Wassersportschule befand. Timms wachste gerade einige Surfbretter. Er blickte auf, als die Inselkommissare sich ihm näherten. Der Surflehrer war groß und breitschultrig, seine tiefbraune Hautfarbe zeugte vom ganzjährigen Aufenthalt an der frischen Luft. Timms trug Shorts und ein weißes T-Shirt, auf dem die Silhouette des Neuen Leuchtturms von Borkum zu sehen war.

»Moin, was kann ich für euch tun?«, fragte er. Mona wunderte sich nicht darüber, dass Timms die Beamten duzte. Er war ein lockerer Typ, außerdem herrschte unter Sportlern ein ungezwungener Umgangston.

Die Kommissarin zeigte ihren Dienstausweis. Sie stellte Enno und sich vor, dann sagte sie: »Es geht um die Bierverkostung in der Borkum Brauerei. Du standest auf der Gästeliste.«

Sie duzte ihn nun ebenfalls, zumal Timms ungefähr in ihrem Alter war. Sie hoffte, dass er locker bleiben würde und sie sein Vertrauen gewinnen konnte. Der Surflehrer nickte lächelnd.

»Ja, ich war dort. Aber ich schwöre, dass ich mich danach nicht ans Steuer gesetzt habe. Allein schon, weil ich gar kein Auto besitze.«

»Wir sind auch nicht wegen eines Verkehrsdelikts hier«, stellte Mona klar. »Es hat nach der Bierverkostung einen Todesfall gegeben, den wir untersuchen.«

Timms schien erstaunt.

»Wirklich? Davon wusste ich gar nichts.«

»Dann funktioniert wohl die Gerüchteschleuder auf unserer Insel doch nicht so gut«, vermutete die Kommissarin. »Ich dachte, dass Okko Jopps Ende heute Tagesgespräch auf Borkum wäre.«

Der Surflehrer schaute erst Mona, dann Enno und dann wieder Mona an.

»Jopp – das war doch dieser aufgeblasene Braumeister, oder?«

Der füllige Ostfriese nickte.

»Kanntest du ihn näher?«

»Nee, zum Glück nicht«, antwortete Timms. »Bei der Bierverkostung wurden wir geladenen Gäste von Gunter Feldmann persönlich empfangen, sein Sohn war auch mit von der Partie. Der Brauereichef stellte uns dann seine engsten Mitarbeiter vor, also den Restaurantleiter und den Braumeister. Jopp ließ sofort durchblicken, dass er der wichtigste Mann im Betrieb wäre und das Schicksal der Brauerei in seinen Händen liegen würde. Und es war offensichtlich, dass er schon zu Beginn des Abends nicht mehr ganz nüchtern war.«

»Es handelte sich ja auch um eine Bierverkostung«, stellte Enno trocken fest.

»Sicher, aber würdest du dich zukippen, wenn du deine Brauerei möglichen Geschäftspartnern vorstellen willst?«, fragte der Surflehrer. Er fuhr fort: »Ich weiß, warum ich auf der Gästeliste stehe. Feldmann hoffte, dass ich seine Brauerei und seine Schankstube meinen Kursteilnehmern ans Herz legen würde. Aber die Leute kommen zum Surfen auf die Insel, nicht zum Saufen.«

»Wie lange bist du geblieben?«, forschte Mona.

»Ich wollte es nicht allzu spät werden lassen, gegen zweiundzwanzig Uhr habe ich mich unauffällig aus dem Staub gemacht«, gab Timms zurück. »Zugegeben, das Bier hat nicht schlecht geschmeckt. Aber ich finde, dass Feldmann nicht nach Borkum passt. Ich bin zwar auch kein gebürtiger Insulaner, doch nach acht Jahren habe ich mich hier ganz gut eingelebt. Meiner Meinung nach ist dieser Brauereityp nur auf das schnelle Geld aus.«

Die Kommissarin teilte diese Ansicht. Jetzt ging es ihr allerdings um etwas anderes.

»Ralf, wir möchten uns ein Bild von dieser Bierverkostung machen. Ist dir etwas Besonderes aufgefallen?«

»Ich bin nicht sicher, worauf du hinauswillst.«

»Hat sich jemand auffällig verhalten? Gab es Personen, die nicht dorthin gehörten?«

Timms kratzte sich im Nacken und ließ seinen Blick nachdenklich über den nahe gelegenen Spülsaum der Nordsee gleiten, bevor er antwortete.

»Ja, es gab eine Auseinandersetzung zwischen Jopp und Krischan Klott.«

»Wer ist das?«, hakte Mona nach.

»Der Wirt vom *Krischan's* an der Hindenburgstraße«, erklärte Enno. Die Kommissarin hatte von dem Lokal noch nichts gehört, obwohl sie seit einigen Jahren auf Borkum lebte. Sie nahm sich vor, ihren Kollegen später darüber auszufragen. Jetzt kam sie auf die Aussage des Surflehrers zurück.

»Wie meinst du das, Ralf? Was für eine Art von Zwist war das? Flogen die Fäuste?«

Timms grinste.

»Nee, obwohl nicht viel gefehlt hätte. Ich konnte nicht verstehen, worum es ging, weil ich zu weit weg von den beiden war. Außerdem bin ich nicht so sensationslüstern. Bevor die Lage noch weiter eskalierte, ging Feldmann persönlich dazwischen. Krischan machte eine abfällige Geste und stürmte aus der Brauerei. Ob er nach zehn Uhr abends zurückkehrte, kann ich nicht sagen.«

Klott kann also später durchaus wiedergekommen sein, um sich Jopp noch einmal vorzuknöpfen, dachte Mona. Hatte ihm vielleicht ein Komplize die Notausgangstür geöffnet, damit er ungesehen in das Sudhaus gelangen konnte? Aber wer kam dafür infrage?

Enno öffnete den Mund.

»Hast du noch etwas beobachten können?«, wollte er von dem Zeugen wissen.

»Ja, später am Abend gab es ein Streitgespräch zwischen Jopp und Feldmann. Da ging es etwas gesitteter zu, obwohl der Brauereibesitzer stinksauer war. Das konnte ich ihm deutlich ansehen. Ich ging dicht an den beiden vorbei, war auf dem Weg zur Toilette. Es fiel der Name Chantal, aber mehr konnte ich nicht aufschnappen. Ich bin ja kein Lauscher.«

»Das hat auch niemand behauptet«, betonte die Kommissarin. »Kannst du dich noch daran erinnern, wer die Frau erwähnt hat?«

»Ich glaube, dass es Feldmann war, aber beschwören würde ich es nicht«, erwiderte der Surflehrer. »Ich war selbst nicht mehr ganz nüchtern und hätte mir außerdem nicht vorstellen können, dass es mal wichtig sein könnte.«

»Du hast uns jedenfalls schon mal sehr geholfen«, sagte die Kommissarin und lächelte Timms an.

»Falls ihr weitere Fragen habt, dann wisst ihr ja, wo ihr mich findet.«

Mit diesen Worten widmete der Surflehrer sich wieder seinen Brettern. Die Ermittler stapften durch den Sand zurück zur Promenade und stiegen die breite Steintreppe zur Jann-Berghaus-Straße hoch, wo sie ihren Opel Vectra abgestellt hatten.

»Erzähl mir von Krischan und seiner Kneipe«, bat Mona.

»Krischan Klott ist ein Pechvogel«, sagte Enno. »Er hat das Lokal von seinem Vater geerbt. Damals hieß es noch *Bierstübchen*, er benannte es nach dem Tod seines Papas in Krischan's um. Eigentlich arbeitete Krischan sehr erfolgreich in seinem erlernten Beruf, nämlich als Tischler. Doch als sein Vater krank wurde, fühlte er sich zur Rückkehr nach Borkum verpflichtet. Und er führte die Pinte weiter, denn sein alter Herr konnte nach dem Schlaganfall nicht mehr hinter dem Tresen stehen. Krischans Mutter hat wieder geheiratet und lebt in Süddeutschland, Geschwister gibt es nicht. Ich vermute, dass Krischan sich während der letzten zehn oder elf Monate mehr um seinen kranken Vater als um sein Lokal gekümmert hat. Im Sommer ist der alte Klott dann gestorben. Es würde mich nicht wundern, wenn Krischan finanziell aus dem letzten Loch pfeift.«

»Ich hatte jedenfalls von dem Lokal noch nie gehört, obwohl ich hier lebe.«

»Das wundert mich nicht, Mona. Ins Krischan's verirren sich nur wenige Touristen, auf diesem Teil der Hindenburgstraße wohnen fast nur gebürtige Borkumer. Von denen geht gewiss der eine oder andere mal auf ein Feierabendbier in das Lokal. Aber einen solchen Gästeansturm wie auf der Bismarckstraße oder der Promenade hast du dort natürlich nie. Außerdem kann ich mir vorstellen, dass Krischan während der Krankheit seines Vaters oft geschlossen hatte.«

»Armer Teufel«, meinte die Kommissarin. »Ich möchte zu gern wissen, worum es bei dem Konflikt mit Jopp ging. Wir könnten Klott ja als Nächsten besuchen.«

»Ruf ihn erst an, bevor wir vielleicht vergeblich zu seinem Lokal fahren«, schlug Enno vor. Mona nickte, suchte die Telefonnummer des Gastwirts auf der Liste und tippte sie in ihr Smartphone. Aber es sprang nur die Mailbox an.

»Moin, hier spricht Kommissarin Sander von der Polizei Borkum. Bitte rufen Sie mich zurück.«

Nachdem sie diese Sätze auf den Anrufbeantworter gesprochen hatte, steckte die Ermittlerin ihr Telefon wieder weg. Die Inselkommissare machten sich nun daran, weitere Zeugen zu suchen. Doch während der nächsten Stunden verliefen die Befragungen nicht sehr erfolgreich. Nur ein weiterer Besucher der Bierverkostung hatte beobachtet, dass Jopp und Klott aneinandergeraten waren. Die übrigen Personen waren angeblich zu sehr in Gespräche vertieft gewesen, um etwas Auffälliges zu bemerken. Ihnen allen war nur gemein, dass sie kein gutes Haar an dem Toten ließen. Falls der Braumeister wirklich einen Freund auf Borkum hatte, war er jedenfalls nicht unter den geladenen Gästen der Bierverkostung zu finden.

Enno blickte auf die Uhr.

»Es ist schon halb fünf. Wir sollten zur Dienststelle zurückkehren, sonst kommt Chantal Willer unserer Vorladung nach und wir sind nicht da. Außerdem könnte ich einen Tee vertragen.«

»Gute Idee, mein Bester. Wenn wir die junge Dame ins Gebet genommen haben, kommt als Nächster ihr Chef dran. Ich bin mir unsicher, ob Chantal wirklich etwas mit Jopps Tod zu tun haben könnte. Falls nicht, dann ist Feldmann mein aussichtsreichster Kandidat.«

»Ja, seinen Konflikt mit dem Braumeister hat er unter den Teppich gekehrt«, stellte Enno fest. »Andererseits könnte Jopps jähes Ende den Brauereibesitzer wirklich in Existenznöte bringen.«

»Bei einer Affekthandlung spielt das keine entscheidende Rolle«, meinte Mona. »Stell dir vor, dass Jopp Chantal an die Wäsche geht. Feldmann bekommt Wind davon, sieht rot und bringt seinen lüsternen Mitarbeiter um die Ecke. Rasend vor Eifersucht wird er sich wohl keine Gedanken um den Fortbestand seines Betriebes gemacht haben.«

»Ja, so könnte es gewesen sein«, erwiderte der Oberkommissar. Ich bin schon sehr gespannt, was Chantal uns erzählen wird.«

Die Inselkommissare erreichten um Viertel vor fünf die Polizeistation. Enno setzte Teewasser auf, und Mona organisierte einen Teller mit Anisplätzchen. Es war schon fast siebzehn Uhr, als die Bürotür aufgerissen wurde.

»Ihr macht Teepause, was sonst?«, trompetete Grietje. »Da ist Besuch für euch!«

Die freche Polizeimeisterin führte einen Mann mit Aktentasche herein. Er trug einen kakaofarbenen Anzug und eine randlose Brille. Mona musterte seine weichen Gesichtszüge und dachte, dass er sie an einen traurigen Hund erinnerte.

»Ich bin Dr. Lothar Kluge, Strafverteidiger aus Emden«, stellte er sich vor. »Man hat mich gebeten, Frau Willer anwaltlich zu vertreten.«

Enno als der Dienstältere erhob sich von seinem Bürostuhl und nannte Monas sowie seinen eigenen Namen. Dann sagte er: »Willkommen auf Borkum, Herr Dr. Kluge. Wo ist denn Ihre Mandantin?«

Der Jurist warf ihm einen verständnislosen Blick zu.

»Ich ging davon aus, Frau Willer hier zu treffen.«

»Uns wurde gesagt, dass Sie Ihre Mandantin im Ferienhaus der Feldmanns abholen und sich zunächst mit ihr beraten«, erklärte der Oberkommissar.

Dr. Kluge schüttelte den Kopf.

»Davon ist mir nichts bekannt. Ich kann mir das nur so erklären, dass mir meine Sekretärin eine missverständliche Information gegeben hat. Sie ist eine Aushilfe, die erst seit drei Tagen für mich arbeitet.«

»Frau Willer weiß jedenfalls, dass sie sich laut Vorladung der Staatsanwaltschaft um siebzehn Uhr hier einfinden muss«, stellte Mona klar. »Möchten Sie eine Tasse Tee?«

»Da sage ich nicht Nein«, erwiderte der Anwalt. Er nahm auf dem Besucherstuhl der Kommissarin Platz. Die Ermittler plauderten mit ihm über unverfängliche Themen wie die zurückliegende Sommersaison. Doch um zwanzig nach fünf begann Mona damit, unruhig auf ihrem Sitz hin und her zu rutschen. Geduld war noch nie ihre starke Seite gewesen.

»Ich rufe die Dame jetzt an«, verkündete sie. Doch Chantal Willers Smartphone war ausgeschaltet. Nun versuchte die Kommissarin es bei Gunter Feldmann.

»Moin«, sagte sie, als der Unternehmer sich meldete, »hier spricht Kommissarin Sander. Wir warten immer noch auf Ihre Sekretärin.«

Als Feldmann antwortete, klang er besorgt.

»Mein Sohn und ich sind zurzeit in der Brauerei. Wir hatten angenommen, dass Frau Willer von ihrem Anwalt abgeholt wird und sich dann zur Polizei begibt. Ich spreche mit meiner Schwiegertochter und melde mich gleich wieder bei Ihnen.«

Mona schwante Übles. Ihre düsteren Vorahnungen bestätigten sich, als der Brauereibesitzer sie wenige Minuten später zurückrief: »Meine Schwiegertochter sagt, dass Chantal um halb fünf mit dem Fahrrad losgefahren ist. Sie müsste längst bei Ihnen sein, Frau Sander!«

Kapitel 6

Mona wollte sich umgehend Klarheit verschaffen.

»Bitte rufen Sie mich an, falls Chantal Willer sich bei Ihnen meldet. Wir kümmern uns um die Sache.«

Mit diesen Worten beendete sie das Telefonat. Der Anwalt schaute sie verständnislos an.

»Ihre Mandantin ist aktuell nicht auffindbar, Herr Dr. Kluge«, erklärte die Kommissarin. »Wir machen uns jetzt auf die Suche nach ihr. Sie können gern im Wachlokal warten. Sobald es Neuigkeiten gibt, benachrichtigen wir Sie.«

»Ja, das wäre gut«, stammelte der Strafverteidiger. Es passierte ihm vermutlich nicht allzu oft, dass er auf diese Weise versetzt wurde. Die Inselkommissare ließen den Rechtsanwalt in Grietjes Gesellschaft zurück und stiegen in ihren Dienstwagen.

»Ist es wirklich eine gute Idee, dass unsere Polizei-Plaudertasche bei Dr. Kluge bleibt?«, fragte Enno zweifelnd. Mona zuckte mit den Schultern.

»Wir können ihn ja nicht bei unserer Suchaktion mitnehmen. Außerdem kann Grietje sich durchaus gut benehmen, wenn sie will. Das ist allerdings nicht immer der Fall, wie du weißt. – Chantal wird sich wohl kaum verfahren haben. Bekanntlich gibt es auf unserer Insel nur ein Polizeirevier. Sie hätte einfach nur die Hindenburgstraße hinab fahren müssen, um ihr Ziel zu erreichen. Wenn Feldmanns Gespielin wirklich um halb fünf losgefahren ist, dann wäre sie überpünktlich gewesen. Selbst der langsamste Radfahrer braucht nicht mehr als zehn Minuten vom Feldmann-Ferienhaus bis zu unserer Dienststelle.«

Enno fuhr so langsam Richtung Waterdelle, dass er mehrfach von ungeduldig hupenden Touristen überholt wurde. Die Ermittler schauten in jede Seitenstraße und betrachteten alle Radfahrerinnen besonders genau. Doch keine von ihnen sah Chantal auch nur entfernt ähnlich.

Mona versuchte erneut vergeblich, die Gesuchte anzurufen.

»Wenn alle Stricke reißen, können wir immer noch ihr Handy orten«, dachte sie laut nach. Als die beiden das Ferienhaus erreichten, wurde ihnen diesmal von Saskia Feldmann geöffnet. Die Schwiegertochter des Brauereibesitzers trug eine beige Caprihose und eine gestreifte Bluse. Falls sie wegen Chantals Verschwinden besorgt war, merkte man es ihr jedenfalls nicht an.

»Wirkte die Sekretärin bei ihrem Aufbruch anders als sonst?«, forschte Mona.

»Meinen Sie damit, ob sie weniger naiv oder blauäugig war?«, spottete Enrico Feldmanns Ehefrau. »Chantal machte einen angespannten Eindruck. Immerhin wurde sie ja von der Staatsanwaltschaft vorgeladen, das hat sie wohl unruhig gemacht. Deshalb wird sie überpünktlich aufgebrochen sein. Wahrscheinlich hat sie geglaubt, bei Wasser und Brot in den Kerker geworfen zu werden, wenn sie sich verspätet.«

Die Kommissarin kniff die Augen zusammen.

»Sie halten nicht viel von Chantal, nicht wahr?«

»Spielt es eine Rolle, was ich denke?«, fragte Saskia Feldmann zurück. »Sie ist ja nicht meine *Sekretärin*. Und ich bin der Meinung, dass sie mit Nachnamen nicht Willer, sondern Willig heißen sollte – wenn Sie verstehen, was ich damit sagen will …«

»Natürlich kapieren wir das, wir sind ja nicht dämlich!«, fauchte Mona. »Aber ich habe keine Zeit, mir Ihre Sticheleien anzuhören. Geben Sie uns lieber ein paar brauchbare Informationen. Mit was für einem Fahrrad ist Chantal unterwegs?«

»Ein grünes Damenrad mit Achtundzwanziger Reifen und einem Drahtkorb auf dem Gepäckträger«, erwiderte die Schwiegertochter kühl.

»Und wie ist sie bekleidet?«, fragte die Ermittlerin.

»Schwarze Baumwollhose, elfenbeinfarbene Seidenbluse, dunkelblaues Jackett«, lautete die Antwort.

»Handtasche?«

»Selbstverständlich, Frau Sander. Schwarzes Leder, von *Campomaggi*. Ich muss wohl nicht betonen, wer ihr die geschenkt hat.«

Mona verkniff sich eine Antwort. Stattdessen bat sie darum, dass Saskia Feldmann sich meldete, falls Chantal zurückkehrte.

»Ich vermute mal, dass *Campomaggi* eine teure Marke ist?«

Diese Frage stellte Enno, als sie wieder im Auto saßen.

»Ja, beim Discounter kriegt man solche Taschen nicht. – Ich frage mich, ob Chantal kalte Füße bekommen hat und abgehauen ist oder ob sie selbst in Gefahr schwebt«, erwiderte Mona.

»Lass uns doch ihr Handy orten, das ist momentan unsere beste Chance«, schlug der Oberkommissar vor. Damit war seine Kollegin einverstanden. Die beiden kehrten schnell zur Polizeistation zurück, wo Mona ihren PC hochfuhr und das Programm zur Lokalisierung von Mobilfunkgeräten aufrief. Sie gab die Zahlen ein, aus denen die Nummer der Vermissten bestand. Enno schaute ihr über die Schulter. Gespannt beobachteten die Inselkommissare, wie sich das Signal aufbaute.

Ein kleiner roter Punkt blinkte.

»Das ist mitten in der Greunen Stee!«, stieß Enno hervor. »Wenn Chantal wirklich zu uns wollte, hat sie aber einen gewaltigen Umweg genommen.«

»Die Sache stinkt zum Himmel, wir müssen sofort los«, entgegnete Mona und rannte schon hinaus. Diesmal setzte sie sich ans Lenkrad des Dienstwagens. Nachdem auch Enno eingestiegen war, schaltete die Kommissarin Blaulicht und Martinshorn ein. Sie trat kräftig aufs Gaspedal.

»Chantals Verschwinden war nicht vorauszusehen«, rief der Ostfriese, um den Sirenenlärm zu übertönen.

»Irgendetwas ist gewaltig schiefgelaufen«, gab Mona mit derselben Lautstärke zurück. »Ich hoffe nur, dass es nicht noch mehr Tote gibt!«

Es war nicht möglich, mit dem Auto auf die schmalen Wander- und Radwege zu fahren, von denen das Naturschutzgebiet durchzogen wurde. Mona lenkte den Dienstwagen auf dem Greune-Stee-Weg so nah wie möglich an den Ortungspunkt heran. Chantals Handy musste sich ein Stück weit südlich der Aussichtsdüne befinden, von der aus man das Krüppelwäldchen überblicken konnte. Sie stieg aus und sprintete los. Der Boden war teilweise sandig, doch es gab auch sumpfige Stellen mit üppig wuchernder Vegetation. Einige Vögel flatterten davon, aufgeschreckt durch Monas plötzliches Erscheinen. Sie schaute sich an einer Weggabelung suchend um. Nach Meinung der Kommissarin war es vollkommen ausgeschlossen, dass Feldmanns Sekretärin und Geliebte sich auf ihrer Fahrt zur Polizeistation hierher verirrt hatte. Chantal musste absichtlich in das Naturschutzgebiet gefahren sein, aber weshalb? Mona lief an einigen Erlenbäumen in dem Dünenwäldchen vorbei, als sie einen Gegenstand im Unterholz liegen sah.

Es war ein grünes Damenrad!

Die Ermittlerin drehte sich langsam um die eigene Achse, während sie ihre Blicke durch die Umgebung schweifen ließ.

»Frau Willer, sind Sie hier?«, rief Mona. Es kam keine Antwort. Nun gesellte sich Enno zu ihr, der wegen seines Alters und Übergewichts nicht so schnell rennen konnte. Seine Kollegin deutete auf das Fahrrad.

»Chantals Transportmittel haben wir immerhin schon gefunden«, stellte sie bitter fest.

»Und dort dürfte sich ihr Smartphone befinden«, gab Enno nach Atem ringend zurück. Er zeigte auf eine schwarze Handtasche, die im tiefen Gras lag. Mona hatte zunächst nur auf das Rad geachtet. Jetzt zog sie sich Latexhandschuhe über, hob die Tasche hoch und öffnete sie.

»Ja, neben dem üblichen Krimskrams, den wir Frauen so bei uns haben, ist hier auch ihr Telefon. Wenn wir jetzt auch noch ihr Passwort hätten, könnten wir einen Blick riskieren.«

»Vielleicht bekommen wir es von Feldmann«, schlug der Oberkommissar vor. »Entweder ist Chantal etwas zugestoßen oder sie hat alles inszeniert, um sich abzusetzen.«

»Die zweite Möglichkeit erscheint mir weniger wahrscheinlich«, meinte die Kommissarin. »In der Handtasche befindet sich die Geldbörse mit Kreditkarte, EC-Karte und Banknoten. Außerdem sehe ich hier Chantals Personalausweis, ihre Krankenkassenkarte und so weiter. Wenn sie wirklich von der Insel fliehen will, wird sie nicht weit kommen.«

»Trotzdem sollten wir auch damit rechnen«, entgegnete Enno. Er rief Oltbeck an und bat den Chef darum, vorsichtshalber die Fähre und den Flugplatz überwachen zu lassen. Außerdem bat er um Unterstützung durch einige Kollegen, um das Naturschutzgebiet auf der Suche nach Chantal zu durchkämmen. »Immerhin kann ich hier nirgendwo Blut- oder Kampfspuren entdecken. Allerdings ist es auch möglich, dass die junge Frau anderswo einem Verbrechen zum Opfer gefallen ist.«

Die Kommissarin nickte.

»Es wird bald dunkel, wodurch die Suche nicht einfacher wird«, sagte sie. Es dauerte nicht lange, bis Verstärkung eintraf. Enno wandte sich an die Polizeimeister Aiske Berend, Claas Lammer und Hauke Knudsen: »Wir suchen nach einer jungen Frau Mitte zwanzig. Womöglich ist sie verletzt oder befindet sich in der Gewalt eines

Entführers. Das können wir zum jetzigen Zeitpunkt nicht beurteilen. Schaut euch bitte überall in der Greunen Stee gut um.«

Mona ergänzte seine Worte, indem sie Chantal möglichst genau beschrieb. Natürlich teilte sie den Polizisten auch mit, wie die Gesuchte bekleidet war. Sie fügte hinzu: »Nehmt das Fahrrad und die Handtasche bitte zur kriminaltechnischen Untersuchung mit.«

»Wird gemacht«, gab Claas Lammer zurück.

»Wir fahren zum letzten bekannten Aufenthaltsort der Gesuchten, um mehr Informationen zu bekommen«, sagte Enno. »Bitte gebt uns sofort Bescheid, falls ihr etwas findet.«

Die Inselkommissare stiegen in den Dienstwagen und machten sich in Richtung Waterdelle auf den Weg. Mona blickte zum Horizont.

»Wir haben vielleicht noch ein oder zwei Stunden brauchbares Tageslicht, danach wird die Suche schwierig. Der Täter wird das Rad und die Tasche nicht ohne Grund in einem so unübersichtlichen Gelände abgelegt haben.«

»Will er uns also in die Irre führen?«, dachte Enno laut nach.

»Ja, womöglich will er einfach Zeit gewinnen. Wir können nur darüber spekulieren, was der Entführer mit ihr vorhat. Laut Aussage von Saskia Feldmann war Chantal penibel darauf bedacht, nicht zu spät zur Befragung aufs Revier zu kommen. Und für eine begnadete Schauspielerin halte ich die Blonde nicht.«

Der erfahrene Ermittler nickte langsam.

»Mir kommt es auch am wahrscheinlichsten vor, dass jemand Chantal in seine Gewalt gebracht hat. Allerdings fällt mir dafür noch kein plausibler Grund ein. Wir haben einfach noch nicht genügend Informationen.«

Als die Inselkommissare beim Ferienhaus der Feldmanns eintrafen, waren die Bewohner dort vollzählig versammelt – abgesehen von Chantal natürlich.

»Was ist mit Frau Willer geschehen?«, fragte der Brauereibesitzer, als er die Ermittler sah. »Was unternehmen Sie, um sie zu finden?«

Spätestens in diesem Moment zweifelte Mona nicht mehr daran, dass es wirklich eine gefühlsmäßige Bindung zwischen dem Chef und seiner Sekretärin gab – zumindest von seiner Seite her.

»Wir haben das Fahrrad und die Handtasche von Frau Willer in der Greunen Stee gefunden«, teilte Enno der Familie mit. »Haben Sie eine Idee, was sie dort gewollt haben könnte?«

Feldmann lief in dem geräumigen Wohnzimmer hin und her wie ein Tiger im Käfig. Sein Sohn und seine Schwiegertochter hatten auf dem Sofa Platz genommen. Der Brauereibesitzer wischte sich mit einem Taschentuch über den Nacken. Obwohl es inzwischen abendlich frisch war, schien er zu schwitzen. Feldmann hielt mit der rechten Hand sein Smartphone, auf dessen Display er innerhalb kürzester Zeit mehrfach schaute.

»Veranstalten Sie hier Ratespiele?«, stieß er gereizt hervor. »Chantal Willer ist in Gefahr. Bin ich der Einzige, der das erkennt?«

»Wir sind hierher gekommen, weil wir der Verschwundenen helfen wollen«, stellte Mona klar. »Das ist aber nur möglich, wenn Sie uns unterstützen. Ist Ihnen in letzter Zeit etwas Ungewöhnliches aufgefallen? Das hier ist eine ruhige Straße. Gab es vielleicht Personen, die nicht zur Nachbarschaft gehören? Neue Feriengäste oder andere Leute, die Sie nicht kannten?«

»Ich weiß nicht, meistens halte ich mich ja in der Brauerei auf oder bin unterwegs«, gab Feldmann zurück. Seine Schwiegertochter hingegen senkte den Blick und begann, mit ihrem Armreif zu spielen.

»Ist Ihnen etwas eingefallen, Frau Feldmann?«, hakte Mona nach, während sie Saskia forschend anschaute.

»Vielleicht ist es nicht wichtig«, begann die junge Frau zögernd, »aber heute ist ein Mann ums Haus geschlichen.«

Die Kommissarin wurde hellhörig: »Können Sie ihn genauer beschreiben?«

»Er ist hochgewachsen, so wie Ihr Kollege. Der Mann hat eine schlanke, fast hagere Figur und schulterlanges blondes Haar. Seine große Hakennase ist mir besonders in Erinnerung geblieben. Er trug Jeans und einen blauen Rollkragenpullover. Nachdem er mehrfach am Haus vorbeigegangen war, ging ich in den Garten und fragte ihn, ob er etwas suchen würde. Er sagte, dass sein Hund weggelaufen sei, und wollte wissen, ob ich einen Vierbeiner gesehen hätte. Ich verneinte. Dann ging er weg und kehrte nicht noch einmal zurück.«

»Wann genau war das?«, wollte Enno wissen.

»Heute am frühen Nachmittag, so zwischen vierzehn und fünfzehn Uhr«, lautete die Antwort. Es entging Mona nicht, dass ihr allgemein so tiefenentspannter Kollege unruhig wurde.

»Wir werden Ihnen Bescheid geben, sobald wir etwas Neues erfahren«, versicherte der Oberkommissar. Ohne auf eine Antwort der Feldmanns zu warten, verließ er das Ferienhaus. Mona eilte hinter ihm her.

»Du weißt, wer dieser Kerl ist, oder?«, sagte sie ihm auf den Kopf zu.

Enno nickte.

»Saskias Beschreibung passt genau auf Maik Lüders. Er ist Jopps Neffe. Und er besitzt gar keinen Hund, soweit ich weiß.«

Kapitel 7

Mona ließ sich auf den Beifahrersitz des Dienstwagens fallen. Sie stieß langsam die Luft aus den Lungen.

»Also hat dieser Lüders das Ferienhaus ausgekundschaftet, um später Chantal zu kidnappen?«, dachte sie laut nach.

»Das erscheint mir plausibel«, erwiderte Enno. »Lüders hat einen VW-Transporter, er ist so eine Art Allround-Handwerker, der gern für die Renovierung von Ferienwohnungen angeheuert wird. In seinem Fahrzeug könnte er sowohl die Frau als auch ihr Fahrrad und ihre Handtasche transportieren.«

»Einverstanden, aber wenn Chantal um halb fünf an der Waterdelle losgefahren ist, muss er sie ja bei Tageslicht entführt haben«, gab die Kommissarin zu bedenken. »Und das ist niemandem aufgefallen?«

»Wir sind hier nicht auf dem Kurfürstendamm in Berlin oder auf der Düsseldorfer Königsallee«, hob Enno hervor und deutete nach draußen. »Auf diesem Abschnitt der Waterdelle gibt es kaum Durchgangsverkehr. Natürlich wäre es möglich, dass ein einsamer Spaziergänger oder Jogger sich hierher verirrt. Doch wenn jemand eine Straftat beobachtet hätte, würde er wahrscheinlich die Polizei alarmiert haben.«

»Das lässt sich ja leicht nachprüfen.«

Mit diesen Worten griff Mona zum Mikrofon des Funkgeräts und nahm Kontakt mit der Polizeistation auf. Es stellte sich heraus, dass es am heutigen Tag keine Meldungen aus diesem Teil der Insel gegeben hatte. Und auch bei den übrigen Anzeigen wurde nirgendwo eine blonde Frau oder ein Fahrrad erwähnt. Die Kommissarin bedankte sich und beendete den Funkspruch.

»Wo fahren wir eigentlich hin, Enno?«

»Maik Lüders hat seine Werkstatt unten am Hafen, er wohnt auch dort. Die Nachbargebäude sind Lagerhäuser oder andere Gewerbebetriebe. Dort kann er eine Geisel gefangen halten, ohne lästige Zeugen befürchten zu müssen.«

»Dann glaubst du also, dass Chantal noch lebt?«, fragte Mona.

»Das hoffe ich zumindest. Lüders hat vermutlich das Rad und die Tasche in der Greunen Stee verschwinden lassen, um uns auf eine falsche Fährte zu führen.«

»Diese Handtasche hat mich sowieso verwirrt«, erwiderte die Ermittlerin. »Angeblich hat Chantal sie doch verloren, wieso war das

Ding plötzlich auf wundersame Weise wieder da? Diese Frage werde ich ihr garantiert stellen, falls wir sie heil dort herausholen können.«

Während die Inselkommissare auf der schnurgeraden Reedestraße fuhren, senkte sich die Nacht über Borkum. Es herrschte nur noch wenig Autoverkehr. Die letzte Fähre des Tages hatte schon angelegt, vor dem nächsten Morgen konnte man per Schiff nicht mehr auf das Festland gelangen. Lüders' Haus befand sich auf einem ruhigen Abschnitt der Memmert-Strate. Die öffentliche Straßenbeleuchtung spendete hier nur wenig Licht. Enno parkte gegenüber von dem schmalen Gebäude.

»Dort steht der Lieferwagen, Maik wird also daheim sein«, sagte der Oberkommissar und deutete auf einen zerschrammten weißen-VW Transporter.

»Bei einem Verdacht auf Entführung wäre eigentlich ein SEK-Einsatz vorgesehen«, murmelte Mona.

»An und für sich schon«, erwiderte der Ostfriese. »Aber einen konkreten Beweis haben wir nicht, abgesehen von Saskia Feldmanns Aussage. Das ist etwas dürftig. Lass uns erst mal mit Maik reden. Er ist kein schlechter Kerl, wenn auch etwas simpel gestrickt. Und ich traue ihm nicht zu, die Frau getötet zu haben.«

»Wollen wir es hoffen«, meinte Mona. Sie war allerdings auch dafür, den Einsatz möglichst schnell und unblutig über die Bühne zu bringen. Es würde dauern, bis ein Sondereinsatzkommando per Hubschrauber auf der Insel eintraf. Hinzu kam, dass Maik Lüders und Enno einander kannten. Das war ein enormer Vorteil, denn ihr Kollege konnte die Reaktionen dieses Mannes gut einschätzen.

Die Ermittler standen vor dem Haus. Im Erdgeschoss waren die Jalousien heruntergelassen, nur im ersten Stockwerk brannte Licht. Es gab noch einen Bretterverschlag, der an die Nordseite des Backsteinbaus angefügt war. Vermutlich diente er als Fahrradschuppen oder Abstellraum.

Enno wummerte mit seiner großen Faust gegen die Tür.

»Maik? Hier ist Enno von der Polizei. Mach bitte auf, wir müssen mit dir reden.«

Es kam keine Reaktion. Mona lauschte, aber sie hörte nur das Kreischen der Möwen über dem nahe gelegenen Hafenbecken. Der Oberkommissar ließ nicht locker: »Wenn du nicht öffnest, dann ist das gar nicht gut für dich! Verstehst du?«

Nun ertönte aus dem Inneren mehrfach ein knarrendes Geräusch. Vermutlich kam Lüders die Holztreppe herunter, denn gleich darauf wurde ein Schlüssel im Schloss gedreht und die Tür aufgemacht.

Im Flur brannte Licht, sodass die Kommissarin sich den Verdächtigen genau anschauen konnte. Saskia Feldmanns Beschreibung war zutreffend. Die Nase ragte wie ein Geierschnabel aus Lüders' Gesicht. Er blinzelte die Inselkommissare misstrauisch an.

»Was wollt ihr von mir?«

»Wir möchten nur mit dir reden«, entgegnete Enno freundlich. »Das ist übrigens meine Kollegin, Kommissarin Sanders.«

Mona wusste nicht, ob der stämmige Ostfriese noch mehr sagen wollte. Sie vernahm jetzt nämlich ein Geräusch, das sie alarmierte. Es klang, als ob sich eine geknebelte Person verzweifelt Gehör verschaffen wollte. Und die Laute drangen aus dem Schuppen.

»Was ist dort drin?«, fragte Mona laut, während sie auf den Holzverschlag zeigte.

»Das geht dich überhaupt nichts an«, gab Lüders patzig zurück. Durch diese Antwort ließ die Kommissarin sich nicht stoppen. Sie zog ihre Taschenlampe hervor und eilte die wenigen Schritte auf den Schuppen zu. Lüders wollte sie daran hindern, aber Enno stellte sich dazwischen.

»Du solltest dir überlegen, ob du wirklich eine polizeiliche Maßnahme stören willst, Maik. Das kann dir noch mehr Ärger einbringen, als du sowieso schon am Hals hast.«

Auch der Oberkommissar hatte natürlich mitbekommen, dass sich jemand in dem Bau befinden musste. Die Tür war nicht abgeschlossen. Mona leuchtete ins Innere. Neben gestapelten Kisten, Werkzeugen und allerlei Krimskrams lag eine gefesselte und geknebelte Frau auf dem Boden.

Es war Chantal Willer.

***

»Hast du eine Erklärung für uns?«

Diese Frage richtete Enno an Lüders, während Mona sich neben die Gefangene kniete und sie von dem Strick und dem Knebel befreite, der aus einem zusammengedrehten Umlegetuch bestand. Das Gesicht der Blonden war feucht von Tränen, sie blickte die

Ermittlerin aus geröteten Augen an. Äußere Verletzungen konnte die Kommissarin allerdings auf den ersten Blick nicht bei ihr feststellen.

»Wie geht es Ihnen?«, wollte Mona wissen. Sie war besorgt. Chantal antwortete, indem sie der Ermittlerin um den Hals fiel, sobald ihre Hände wieder frei waren. Sie klammerte sich zitternd an Mona. Die junge Frau stand eindeutig unter Schock.

Die Kommissarin machte sich sanft von ihr los und sagte: »Wir lassen Sie jetzt im Krankenhaus erst einmal untersuchen, einverstanden?«

Chantal nickte zögernd. Mona griff zum Smartphone, um einen Rettungswagen anzufordern. Enno wandte sich mit vorwurfsvollem Unterton an Lüders:

»Siehst du, was du angerichtet hast, Maik? Wie kamst du auf die Schnapsidee, die Frau zu entführen und gegen ihren Willen festzuhalten? Das warst doch du, oder?«

Der Täter wich dem strengen Blick des erfahrenen Oberkommissars aus. Lüders senkte den Kopf, wandte sich ab und schob seine großen Hände in die Hosentaschen. Er verhielt sich immerhin nicht aggressiv, machte aber den Mund nicht auf. Ob er hoffte, sich durch Schweigen aus der Affäre ziehen zu können? Oder gab es einen Mittäter, den er nicht ans Messer liefern wollte? Mona beschloss, die Antworten auf diese Fragen später zu suchen. Sie konzentrierte sich momentan auf Chantal und redete ihr beruhigend zu. Ob Lüders sich an ihr vergangen hatte? Zunächst deutete nichts darauf hin, zumal die Entführte vollständig bekleidet war. Eine ärztliche Untersuchung war auf jeden Fall wichtig.

»Nimm die Hände aus den Taschen, damit ich dich durchsuchen kann«, befahl Enno dem Kidnapper. »Hast du Gegenstände bei dir, an denen ich mich verletzen könnte?«

Lüders schüttelte den Kopf.

Der wuchtige Ostfriese fand bei ihm weder Waffen noch andere Dinge, mit denen man einen Menschen bedrohen konnte.

»Wenn du keinen Ärger machst, können wir auf Handschellen verzichten«, erklärte Enno. Der junge Mann reagierte überhaupt nicht. Er wirkte auf Mona seltsam geistesabwesend. Ob er etwas eingeworfen hatte? Doch die Kommissarin war in ihrem Beruf schon oft genug auf Drogenleute getroffen, sie verhielten sich üblicherweise anders als dieser Täter. Vielleicht machte er komplett dicht, weil er nicht mit einer Entdeckung durch die Polizei gerechnet hatte.

Es dauerte nicht lange, bis der Rettungswagen eintraf. Chantal hatte sich so nahe wie möglich bei Mona aufgehalten. Es schien ihr schwerzufallen, sich nun von ihrer Retterin zu entfernen. Die Kommissarin erklärte den Sanitätern die Lage. Dann sagte sie zu Chantal: »Sie werden jetzt ins Hospital gebracht. Ich gebe den Feldmanns Bescheid, dass wir Sie gefunden haben.«

»Vielen Dank, Sie sind sehr freundlich«, erwiderte die junge Frau mit brüchiger Stimme. Als Chantal in den Rettungswagen gebracht wurde und das Fahrzeug Richtung Inselkrankenhaus raste, wandte Mona sich an den Entführer:

»Befindet sich noch jemand im Haus?«

Lüders zögerte kurz, schüttelte dann aber heftig den Kopf.

»Ich werde mich lieber mal selbst davon überzeugen, ob das auch stimmt«, kündigte die Kommissarin an. Das Mienenspiel des Täters zeigte, dass er von diesem Vorhaben nicht begeistert war. Aber Enno hatte ein wachsames Auge auf ihn. Mona betrat ungehindert das Gebäude. Sie lauschte. Die Dielen unter ihren Schuhen knarrten leise, kaum wahrnehmbar. Es roch stark nach Matjesheringen. Die Kommissarin schaute in die Küche, nachdem sie dort das Licht eingeschaltet hatte. Der Raum mit der altmodischen Einrichtung war sauber, aber leer. Auf dem mit einer Wachstuchdecke versehenen Tisch bemerkte Mona zwei Holzbrettchen mit nur teilweise verzehrten Butterbroten sowie zwei Teetassen!

Sie umfasste den Griff ihrer Pistole, zog die Waffe allerdings noch nicht. Die Ermittlerin war alarmiert. Es musste sich noch eine weitere Person im Haus befinden. Die Teetassen waren noch halb voll. Mona umfasste eine von ihnen mit der linken Hand. Offenbar hatten die Inselkommissare beim Abendbrot gestört, denn das Porzellan fühlte sich warm an.

Ob es einen zweiten Ausgang an der Rückseite gab? Die Küche bot jedenfalls keine Versteckmöglichkeit für einen erwachsenen Menschen. Allenfalls ein Baby oder Kleinkind hätte man in einem der Schränke verbergen können. Die Kommissarin war über Maik Lüders' Familienverhältnisse gar nicht informiert. Womöglich hatte er eine Ehefrau oder Freundin, die ihm bei der Entführung als Komplizin zur Verfügung stehen musste.

Mona durchsuchte auch die Waschküche, das Bad und die Wohnstube, die sich im hinteren Teil des Hauses befand. Auch hier konnte sie niemanden bemerken. Einen Ausgang zum Garten hin gab es offenbar nicht. Also blieben nur noch das erste Stockwerk sowie der Dachboden als Versteckmöglichkeit.

Die Kommissarin schlich die steile Treppe hoch, wobei sie so wenig Geräusche wie möglich zu verursachen versuchte. Der Geruch von Bohnerwachs und Scheuerpulver stieg ihr in die Nase. Sauber war es bei Lüders. Allerdings machten seine vier Wände einen reichlich fantasielosen Eindruck. Es gab keine Bilder an den Wänden, und auch dekorative Elemente suchte man vergebens.

Hier fehlt die weibliche Hand, dachte Mona, während sie die Schlafzimmertür aufstieß. In diesem Raum hatte Lüders sich doch mal zu einer Wanddekoration durchgerungen, denn über dem Bett war ein Poster befestigt. Es stellte eine braungebrannte Frau mit einem enormen Busen dar, die sich an einem tropischen Strand rekelte und nur einen Mikro-Bikini trug.

Die Ermittlerin interessierte sich viel mehr für den massiven Kleiderschrank, dessen eine Tür nicht ganz geschlossen war. Zwischen der unteren Türkante und dem Boden des Möbelstücks schaute der Zipfel einer Textilie heraus, die sie hier nicht erwartet hatte.

Es war eine blaue Kittelschürze.

Mona trat leise auf den Schrank zu und riss die Tür auf. Ihr Herz hämmerte. Zwischen den aufgehängten Jacken und Mänteln kauerte eine Person, die Mona erst vor Kurzem kennengelernt hatte.

»Guten Abend, Frau Jopp«, sagte Mona.

Kapitel 8

Enno war augenscheinlich verblüfft, als seine Kollegin in Begleitung der Witwe nach draußen kam. Und Lüders' Gesichtsausdruck zeigte, dass er von der Entdeckung seiner Tante wenig begeistert war.

»Du solltest dich doch verstecken«, brachte er stammelnd hervor.

»Halt den Mund, du machst alles nur noch schlimmer«, fauchte Femke Jopp ihn an. Daraufhin senkte der junge Mann den Blick. Er war viel größer und stärker als die ältere Frau, schien aber komplett nach ihrer Pfeife zu tanzen. Ob Lüders in ihrem Auftrag gehandelt hatte?

Momentan sprach alles dafür.

»Wir nehmen euch jetzt mit auf die Wache, um euch erkennungsdienstlich zu behandeln«, erklärte der Oberkommissar, nachdem er sich von der ersten Überraschung erholt hatte.

»Was für ein Unsinn, du weißt doch, wer wir sind«, fuhr Femke Jopp ihm über den Mund.

»Ja, aber das ist Vorschrift, wenn wir den Verdacht auf eine Straftat haben«, erwiderte der Ostfriese. »Wir legen euch die Entführung von Chantal Willer zur Last. Ihr müsst euch nicht selbst belasten und könnt euch anwaltlich vertreten lassen. Außerdem habt ihr das Recht zu schweigen.«

Femke Jopp nahm die Belehrung durch den erfahrenen Ermittler mit unbewegter Miene zur Kenntnis, während Lüders erst jetzt allmählich zu kapieren schien, dass er gewaltig in der Tinte saß. Seine Unterlippe zitterte, und er fuhr sich alle paar Sekunden durch sein unordentliches Haar.

Mona forderte einen Streifenwagen an. Sie wollte die beiden in unterschiedlichen Fahrzeugen zur Dienststelle schaffen lassen, damit sie sich nicht während der Fahrt auf eine gemeinsame Lügengeschichte verständigen konnten. Die Beweislage war nach Meinung der Kommissarin eindeutig, denn die junge Sekretärin würde sich wohl kaum selbst gefesselt und geknebelt und dann in den Schuppen gelegt haben. Die Frage nach dem Motiv für die Tat war da schon wesentlich interessanter.

Es dauerte nicht lange, bis Polizeimeisterin Aiske Berend in einem Streifenwagen kam. Mona bat sie, die alte Frau auf die Wache zu bringen und dort erkennungsdienstlich zu behandeln.

Nachdem das markierte Polizeifahrzeug abgefahren war, platzierten die Ermittler Lüders auf dem Rücksitz ihres Opel Vectra und machten sich ebenfalls auf den Weg zur Strandstraße. Die Fahrt verlief schweigend, da sie in Gegenwart des Verhafteten nicht weiter über den Fall sprechen konnten. Und Lüders sagte ohnehin keinen Ton. Allerdings kaute er ununterbrochen auf seinem linken Daumennagel herum, wie Mona bei einem Blick in den Rückspiegel feststellte. Dadurch wirkte der große, grobknochige Kerl sehr kindlich, wie sie fand. Ein verbrecherisches Superhirn war er auf keinen Fall.

»Möchtest du einen Tee, Maik?«, fragte Enno, nachdem sie ihr Fahrtziel erreicht hatten. »Es wird noch etwas dauern, bis wir dich erkennungsdienstlich behandeln können. Erst ist deine Tante dran, verstehst du?«

»Ich will heim.«

Das waren die einzigen Worte, die Lüders seit der Begrüßung seit einiger Zeit von sich gegeben hatte. Seine Stimme hörte sich kläglich an, doch Monas Mitgefühl hielt sich in Grenzen. Chantal hatte vermutlich Todesängste ausgestanden, als sie allein in dem Schuppen eingesperrt war.

»Ich lasse dir einen Tee und etwas zum Essen bringen, während du wartest«, entschied der Oberkommissar. Er führte Lüders in eine Arrestzelle. Dann ging er zu Grietje und bat die sommersprossige Polizeimeisterin, den Verdächtigen mit Speise und Trank zu versorgen.

»Also sind wieder einmal meine legendären Jagdwurststullen gefragt«, stellte die junge Kollegin fest. »Das ist eine meiner leichtesten Übungen.«

Da Femke Jopp momentan noch nicht für ein Verhör zur Verfügung stand, konnten die Ermittler nun in ihrem Büro erst einmal ungestört miteinander reden.

»Was hat diese Entführung zu bedeuten?«, dachte Mona laut nach.

»Der Auslöser muss Okko Jopps Tod sein, eine andere Möglichkeit sehe ich momentan nicht«, entgegnete Enno. »Die Frage lautet, aus welchem Grund Maik Lüders die Tat begangen hat. Ich bin sicher, dass er nur ein Werkzeug in den Händen seiner Tante ist. Femke brauchte ihn für die Durchführung, weil sie weder Auto fahren kann noch einen passenden Wagen besitzt. Wahrscheinlich hat Lüders Chantal aufgelauert. Als sie mit dem Fahrrad Richtung Polizeistation aufbrach, wird er sie überwältigt und in seinen Lieferwagen geworfen haben. Dann entsorgte er ihre Handtasche und ihr Zweirad in der Greunen Stee, um uns in die Irre zu führen. Den ganzen Plan wird sich seine Tante ausgedacht haben, denn Lüders ist nicht die hellste Kerze auf der Torte.«

Mona wippte auf ihrem Bürostuhl vor und zurück. Sie spielte mit einem Kugelschreiber und starrte durch das Fenster nach draußen, wo es außer der nächtlich menschenleeren Strandstraße nichts zu sehen gab.

»Was geht dir durch den Kopf?«, forschte ihr Kollege.

»Ich frage mich gerade, ob wir indirekt an der Entführung eine Mitschuld tragen, Enno.«

»Wie kommst du auf diesen Gedanken?«

Bevor die Kommissarin die Frage beantworten konnte, führte Aiske Berend die Verdächtige herein.

»Frau Jopp wurde erkennungsdienstlich behandelt«, teilte die Polizeimeisterin ihren Kollegen mit. Mona musste insgeheim zugeben, dass Femke Jopps Haltung sie beeindruckte. Die alte Borkumerin wirkte nicht eingeschüchtert. Stolz hielt sie ihr Kinn erhoben. So nervös oder unruhig wie ihr Neffe war sie ganz gewiss nicht, zumindest zeigte sie es nicht nach außen hin. Dabei gehörte Femke Jopp einer Generation an, für die es immer noch eine Schande war, von der Polizei eines Verbrechens beschuldigt zu werden. Natürlich gab es auch unter Senioren ausgekochte Gewohnheitstäter, die ihr Leben lang von den Ordnungskräften gejagt wurden und immer wieder Haftstrafen verbüßen mussten. Doch falls Femke Jopp zu dieser Klientel gehörte, hätte Enno es gewiss erwähnt.

Der Oberkommissar erhob sich nun von seiner Sitzgelegenheit und deutete auf seinen Besucherstuhl.

»Femke, können wir dir etwas anbieten?«

Die Witwe schüttelte den Kopf, ließ sich aber zögernd auf den Stuhl nieder. Sie hielt den Rücken kerzengerade und faltete die Hände im Schoß.

»Nein, ich möchte nichts.«

»Wir müssen dich als Beschuldigte einer Straftat vernehmen«, erklärte der Ostfriese. »Wir werfen dir Anstiftung zur Entführung und Menschenraub vor. Du hast das Recht auf einen Rechtsbeistand. Sollen wir dir einen Strafverteidiger besorgen?«

Femke Jopp schüttelte den Kopf.

»Nein, ich kann für mich selbst sprechen. Und ich stehe zu dem, was ich getan habe.«

Die Witwe erklärte sich damit einverstanden, dass Mona ihre Worte mitschrieb. Die Kommissarin startete ihren Computer und rief das Textverarbeitungsprogramm auf. Sie hätte Femke Jopp lieber selbst befragt, hielt sich aber zurück. Es war offensichtlich, dass die alte Frau Mona nicht mochte. Enno kannte sie seit vielen Jahren und konnte die Verdächtige viel besser einschätzen. Außerdem schien Femke Jopp den Oberkommissar zu mögen oder zumindest zu respektieren. Enno bat die Witwe darum, für das Protokoll ihren Namen und ihre Anschrift zu nennen. Dann fragte er: »Wie entstand der Plan, Chantal Willer zu entführen?«

»Als ihr mir erzählt habt, dass Okko tot ist, wurde ich sofort misstrauisch. Er war mit Leib und Seele Braumeister. Ein Unfall kam mir sehr unwahrscheinlich vor. Und ihr hättet wohl nicht mit einer Untersuchung begonnen, wenn es so eindeutig gewesen wäre, oder?«

»Die Todesumstände waren zumindest unklar, deshalb wird die Leiche ja auch obduziert«, unterstrich der erfahrene Ermittler. »Warum warst du von Anfang an überzeugt, dass jemand deinen Mann umgebracht hätte?«

»Das habe ich gespürt«, behauptete Femke Jopp. »Und da ihr mir nicht helfen wolltet, musste ich die Sache eben selbst in die Hand nehmen.«

»Wie muss ich mir das genau vorstellen?«, hakte Enno nach.

»Es war ganz einfach. Ich beauftragte meinen Neffen, sich an eure Fersen zu heften. Früher oder später würdet ihr mich zum Mörder meines Mannes führen. Oder zur Mörderin, besser gesagt.«

Manchmal ist es von Nachteil, auf einer kleinen Insel zu leben, dachte Mona. Die meisten Einheimischen wussten, dass sie und ihr Kollege bei der Polizei arbeiteten. Auch der Opel Vectra war den Borkumern allgemein als Dienstfahrzeug der Ordnungsmacht bekannt. Genauso gut hätten sie mit einem Streifenwagen über die Insel kurven können. Hatte Maik Lüders die beiden Kriminalisten verfolgt, ohne dass sie ihn bemerkten? Es sah ganz danach aus.

»Hältst du Chantal Willer für die Mörderin deines Mannes?«, wollte der Oberkommissar wissen.

»Da bin ich ja wohl nicht die Einzige!«, antwortete die Witwe, wobei sie ihre Stimme nur leicht hob. Dann drehte sie sich halb um und deutete auf Mona, wobei sie sagte: »Maik hat euch beobachtet, als ihr das Ferienhaus der Feldmanns wieder verlassen habt. Deine kleine Helferin sagte: *Ich bin überzeugt davon, dass Chantal Okko Jopp getötet hat!* Oder stimmt das etwa nicht?«

Die Wangen der Kommissarin liefen knallrot an. Und zwar nicht, weil Femke Jopp sie als Ennos *kleine Helferin* bezeichnet hatte. Da waren ihr schon schlimmere Dinge an den Kopf geworfen worden. Sie ärgerte sich, weil sie den Lauscher schlicht und einfach nicht bemerkt hatte. Maik Lüders war auch Ennos Aufmerksamkeit entgangen, aber das war kein echter Trost.

»Ein Verdacht ist noch kein Beweis, Femke«, stellte der Oberkommissar klar. »Und nur, weil meine Kollegin und ich der jungen Frau diese Tat zutrauen, dürfen du und dein Neffe das Recht noch lange nicht in die eigene Hand nehmen. Aber der Reihe nach: Was geschah, nachdem Maik Monas Worte aufgeschnappt hatte?«

»Mein Neffe berichtete mir natürlich davon, Enno. Ich gab ihm den Auftrag, auf das kleine Flittchen zu warten. Irgendwann musste sie ja das Ferienhaus verlassen. Als sie dann wirklich kam, war es ganz einfach. Das hat er mir jedenfalls erzählt. Maik schnitt ihr mit seinem Lieferwagen den Weg ab. Sie war zu verängstigt, um sich wehren zu können. Er warf sie in sein Auto und fesselte sie. Später hat er dann ihr Fahrrad und ihre Handtasche weggeworfen.«

Während Monas Finger über die Tastatur ihres PCs flitzten, dachte sie über das Geständnis nach. Femke Jopp hatte freimütig eingeräumt, ihren Neffen angestiftet zu haben. Dass Maik Lüders sich trotzdem für seine Taten würde verantworten müssen, stand auf einem anderen Blatt. Trotzdem gab es eine weitere drängende Frage. Doch bevor die Kommissarin den Mund öffnen konnte, kam Enno ihr zuvor. Wieder war es, als ob er ihre Gedanken lesen könnte. Er wollte von der Witwe nämlich etwas wissen, das auch Mona beschäftigte: »Ihr hattet Chantal Willer also gefangen und in den Verschlag deines Neffen gesperrt. Wie wäre es dann weitergegangen, wenn wir sie nicht befreit hätten?«

»Wir wollten die Mörderin töten«, gab Femke Jopp ruhig zurück.

Der Oberkommissar runzelte die Stirn.

»Du gibst also einen geplanten Mord zu?«, vergewisserte er sich.

»Man soll doch der Polizei immer die Wahrheit sagen, oder?«, antwortete die alte Frau. Ihre Stimme hörte sich nicht aufgeregt an.

»Ihr habt es jedenfalls nicht getan«, stellte Enno fest. Femke Jopp zuckte mit den Schultern.

»Maik sollte sie umbringen, aber er brachte es nicht übers Herz. Sie hätte ihn so flehend angeschaut, meinte er. Also beschloss ich, es selbst zu tun. Allerdings wollte ich erst einmal Abendbrot essen, um mich zu stärken. Dann seid ihr mir allerdings dazwischengekommen.«

Ob die Witwe die junge Frau wirklich getötet hätte? Darüber konnte Mona nur spekulieren.

»Ihr beide habt ganz großen Unsinn gemacht«, stellte Enno mit Nachdruck klar. »Du und Maik könnt heilfroh sein, dass Chantal noch lebt. Durch diese Entführung habt ihr euch in große Schwierigkeiten gebracht, denn die Staatsanwaltschaft versteht bei solchen Delikten keinen Spaß. Mona und ich werden gewiss in den nächsten Tagen herausfinden, was sich nach der Bierverkostung wirklich ereignet hat. Übrigens könnte es wirklich sein, dass die Todesursache ein tragischer Unfall war. Laut Zeugenaussagen soll Okko nämlich ziemlich blau gewesen sein.«

»Das glaube ich nicht«, hielt Femke Jopp dagegen.

Der Oberkommissar schüttelte seufzend den Kopf.

»Du kannst gehen, sobald du das Verhörprotokoll unterschrieben hast. Du bist nicht vorbestraft und hast einen festen Wohnsitz, also müssen wir dich nicht hierbehalten. Ich kann verstehen, dass Okkos Tod dich aus der Bahn geworfen hat. Aber reiß dich bitte zusammen.«

»Ich hab getan, was getan werden musste.«

Mit diesen Worten verließ die Witwe die Polizeiwache, nachdem sie das von der Kommissarin getippte Geständnis auf der letzten Seite unterschrieben hatte. Enno begleitete Femke Jopp nach draußen.

Er kehrte zurück und legte seine große rechte Hand auf Monas Schulter. »Nimm es dir bloß nicht zu Herzen, dass Maik uns unbemerkt belauschen konnte. Wenn überhaupt, dann habe ich genauso viel Schuld wie du. Ich hätte den großen Kerl ja schließlich auch bemerken können. Scheinbar haben wir beide Tomaten auf den Augen gehabt.«

Die Ermittlerin lächelte traurig.

»Zugegeben, aber es war doch deine *kleine Helferin*, die ihren Verdacht gegen Chantal so laut in die Welt hinaustrompetet hat.«

Der füllige Friese lachte.

»Du darfst nicht jedes Wort von Femke auf die Goldwaage legen, Mona. Sie glaubte, den Tod ihres Mannes auf eigene Faust rächen zu müssen. Borkumerinnen haben jahrhundertelang gelernt, allein zurechtzukommen, weil ihre Ehemänner entweder zur See fuhren oder bereits auf dem Grund des Meeres lagen. Femke hat eine einsame Entscheidung getroffen, die durch nichts zu rechtfertigen ist. Zum Glück war sie nicht so herzlos, ihren Mordplan wirklich in die Tat umzusetzen. Oder wir sind ihr einfach rechtzeitig dazwischengekommen. Und Maik ist eigentlich ein umgänglicher Bursche, doch er tanzt nach der Pfeife seiner Tante. Die familiäre Bindung ist stark, er lässt sich von Femke sehr leicht beeinflussen.«

»Ob Chantal den Braumeister wirklich auf dem Gewissen hat?«, dachte Mona laut nach. »Womöglich wurde sie durch ihre Entführung so erschüttert, dass sie sich in Widersprüche verstrickt und letztlich gesteht. Ich weiß nämlich nicht, wie wir dem Täter oder der Täterin den Mord sonst nachweisen sollen. Augenzeugen gab es ja scheinbar nicht, und mit Indizien sieht es mau aus.«

»Das wissen wir noch nicht«, erwiderte der Oberkommissar. »Morgen treffen die Kriminaltechniker und der Brauerei-Gutachter auf der Insel ein, dann werden wir gewiss neue Informationen bekommen.«

Wieder einmal beneidete Mona ihren Kollegen um seine unerschütterliche Zuversicht.

»Immerhin konnten wir heute den Entführungsfall aufklären«, stellte sie fest. »Dann werden wir das Rätsel um Jopps Tod auch noch lösen können.«

Kapitel 9

Am nächsten Morgen nieselte es auf Borkum leicht, aber unaufhörlich. Die Kommissarin schlüpfte in ihren Regenanzug, bevor sie sich aufs Fahrrad schwang und den Weg zur Arbeit antrat. Nach dem Einsatz am Vorabend war es ihr schwergefallen, einfach abzuschalten. Enno hatte ganz richtig erkannt, dass sie sich wegen des Kidnappings schuldig fühlte. Die Sache hätte noch ganz anders ausgehen können, doch darüber wollte die Ermittlerin lieber gar nicht nachdenken. Sie nahm sich vor, in Zukunft mit Äußerungen in der Öffentlichkeit noch sparsamer zu sein.

Auf der Dienststelle schälte sie sich aus ihren Wetterklamotten, die sie über ihrer normalen Kleidung trug. Mona und Enno begrüßten einander und gingen zu Oltbeck, um einen Zwischenbericht abzuliefern. Bevor sie das Chefzimmer betraten, warf der Ostfriese seiner Kollegin einen prüfenden Blick zu.

»Du bist blass, meine Liebe.«

»Ja, der Regen hat mir den Teint weggewaschen«, witzelte sie düster. »Nein, ernsthaft: Ich konnte nur schwer einschlafen. Normalerweise hätte ich ein Bier getrunken, aber beim Anblick oder Geschmack des Gerstensaftes muss ich momentan immer an die Borkum Brauerei denken.«

»Was hast du stattdessen getan?«

»Ich brühte mir einen Kamillentee auf.«

»Scheinbar muss ich mir ernsthaft Sorgen um dich machen«, kommentierte Enno augenzwinkernd, bevor er anklopfte und gleich darauf eintrat. Wenig später saßen die beiden auf den Besucherstühlen des Hauptkommissars und erzählten dem Dienststellenleiter von den Ereignissen des Vorabends.

»Ich bin froh, dass Sie die junge Dame befreien konnten«, stellte Oltbeck klar. »Wie geht es ihr momentan?«

»Wir haben seitdem noch nicht mit ihr gesprochen«, erwiderte Enno. »Vermutlich wird der seelische Schaden größer sein als der körperliche, jedenfalls war sie auf den ersten Blick unversehrt. Frau Sander hat sich vorbildlich um sie gekümmert, bevor der Rettungswagen eingetroffen ist.«

Nachdem ich zuvor den Namen Chantal als Mordverdächtige in die Welt hinausposaunt habe, dachte Mona bitter.

»Und Femke Jopp hat wirklich zugegeben, dass sie Chantal Willer töten wollte?«, vergewisserte der Chef sich. Der Oberkommissar nickte.

»Zum Glück ist es ja bei der Absicht geblieben. Maik Lüders hat gestern von seinem Recht auf Aussageverweigerung Gebrauch gemacht. Vielleicht sieht er die Dinge nach einer Nacht in unserer Arrestzelle ja anders. Doch selbst wenn er weiterhin schweigt, wird er durch die Aussage seiner Tante und die Indizien schwer belastet. Immerhin haben wir das Entführungsopfer in seinem Schuppen gefunden.«

Mona ergänzte: »Außerdem müssen wir noch Chantal Willers Aussage aufnehmen. Sie kann aus ihrer Sicht schildern, wie das Kidnapping über die Bühne gegangen ist.«

»Ist der Verdacht gegen Chantal Willer berechtigt?«

Enno beantwortete Oltbecks Frage kopfschüttelnd: »Das können wir noch nicht beurteilen. Frau Sander und ich holen gleich das Kriminaltechnikteam und den Brauerei-Gutachter von der Fähre ab und bringen sie zum Leichenfundort. Dann wird sich hoffentlich bald herausstellen, ob überhaupt ein Verbrechen vorliegt.«

»Ich bin sicher, dass Chantal Willer noch mehr Informationen für uns hat«, sagte die Ermittlerin. »Wir müssen außerdem die Gästeliste der Bierverkostung weiter abarbeiten. Bei solchen Veranstaltungen wird erfahrungsgemäß viel fotografiert und gefilmt. Womöglich bringt uns neben den Zeugenaussagen die Auswertung dieses Materials neue Erkenntnisse.«

»Befragen Sie zunächst Maik Lüders«, ordnete Oltbeck an. »Angesichts der Beweislast kann er durch ein umfängliches Geständnis seine Lage nur verbessern.«

Mit dieser Ansicht rannte der Chef bei Mona offene Türen ein. Nach der Besprechung mit dem Dienststellenleiter ließen die Inselkommissare Chantals Entführer in den Verhörraum bringen.

Maik Lüders' Augen waren gerötet, die Wangen fahl und eingefallen. Mona vermutete, dass er geweint hatte. Sein Gehorsam gegenüber seiner Tante hatte ihn in diese Lage gebracht, daran gab es für sie keinen Zweifel. Der Entführer machte einen noch verwirrteren Eindruck als am Vorabend. Obwohl sie und Enno mit Engelszungen redeten, konnten die beiden Kriminalisten Lüders nicht zu einem Geständnis bewegen.

Genau genommen schafften sie es noch nicht einmal, seine Zunge für unverfängliche Worte zu lösen. Noch nicht mal ein *Moin* kam ihm über die Lippen. Nach einiger Zeit gaben die Ermittler auf.

»Du kannst jetzt nach Hause gehen, Maik«, gab Enno seufzend von sich. »Da du einen festen Wohnsitz hast und nicht vorbestraft bist, liegt kein Haftgrund vor. Du solltest dir aber ernsthaft überlegen, ob du noch einmal solchen Bockmist bauen willst. Wegen der Entführung wirst du dich vor Gericht verantworten müssen. Wir leiten unsere Ermittlungserkenntnisse an die Staatsanwaltschaft Emden weiter, von denen wirst du dann Post bekommen.«

Mona hätte nicht ihre Hand dafür ins Feuer legen wollen, dass die Erklärungen ihres Kollegen überhaupt zu dem Beschuldigten durchdrangen. Er wirkte seltsam geistesabwesend. Nachdem sich die Inselkommissare erhoben hatten, stand er ebenfalls auf und trottete auf die von Enno geöffnete Tür zu. Einige Augenblicke später hatte er die Polizeistation verlassen. Mona schaute ihm nach.

»Ich sollte wohl kein Mitleid mit einem Entführer haben, trotzdem kommt Maik mir eher wie ein weiteres Opfer vor.«

»Ja, wirkliche kriminelle Energie sehe ich bei ihm nicht«, meinte der Ostfriese. »Komm, wir müssen uns beeilen. Sonst stehen sich unsere Gäste am Fährhafen die Beine in den Bauch.«

Inzwischen hatte der Regen aufgehört. Die beiden meldeten sich im Wachlokal ab und fuhren zum Hafen. Diesmal nahmen sie den VW-Transporter mit Polizeilackierung, um die Kriminaltechniker zum Einsatzort zu chauffieren. Auf der Reedestraße griff die Kommissarin zum Smartphone und rief das kleine Borkumer Stadtkrankenhaus an. Das Gespräch dauerte nur kurz.

»Es gibt endlich mal eine gute Nachricht«, sagte sie, nachdem sie das Gerät wieder eingesteckt hatte. »Chantal konnte gestern nach ihrer Untersuchung schon nach Hause entlassen werden. Laut Dr. Siemers wurde sie nicht missbraucht oder anderweitig schwer verletzt. Sie hat nur ein paar Schürfwunden davongetragen, als Lüders sie in den Lieferwagen geworfen hat. Natürlich ist sie psychisch neben der Spur, deshalb hat der Arzt ihr eine Beruhigungsspritze verabreicht. Aber ausruhen kann sie sich ja auch im Feldmann-Ferienhaus.«

»Falls Chantal wirklich für Jopps Tod verantwortlich ist, dann frage ich mich, aus welchem Grund sie überhaupt die Polizei gerufen hat«, dachte der Ostfriese laut nach. »Sie hätte den Betrunkenen in den

Bierkessel stecken und sterben lassen können. Frühmorgens musste sie in der Brauerei nicht mit lästigen Zeugen rechnen.

Sie hätte unbemerkt verschwinden und darauf warten können, dass irgendjemand die Leiche findet.«

»Womöglich stimmt die Geschichte mit ihrer verschwundenen Handtasche sogar«, schlug Mona vor, »allerdings mit einer Ergänzung, die sie verschwiegen hat. Angenommen, Chantal sucht wirklich im Sudhaus nach ihrer Handtasche. Jopp liegt irgendwo besoffen herum, wacht auf und erblickt die junge Frau. Dann beginnt er, das zu tun, was ihm am meisten Spaß macht, nämlich weibliche Wesen belästigen. Chantal wehrt sich, und wegen Jopps Restalkoholgehalt im Blut gewinnt sie die Oberhand. Sie sorgt dafür, dass er das Kohlendioxid einatmet. Daraufhin stirbt er.«

»Ja, so könnte es gewesen sein«, erwiderte Enno. »Wenn deine Annahme stimmt, wird sich eventuell Chantals DNA unter Jopps Fingernägeln nachweisen lassen. Dann wird sie uns einiges erklären müssen.«

Als die Inselkommissare den Fähranleger erreichten, hatte sich der erste Ansturm schon gelegt. Die meisten Borkum-Besucher eilten nämlich im Laufschritt über die Gangway, um die bunten Wagen der Kleinbahn zu entern. Mona hatte noch niemals erlebt, dass der Zug abgefahren war und Touristen oder Kurgäste am Hafen zurückgelassen hatte. Doch diese Angst schien tief in den Menschen zu sitzen und sie gleich nach ihrer Ankunft auf dem gemütlichen Eiland hektisch werden zu lassen.

Die Ermittler erblickten bekannte Gesichter, denn sie hatten schon öfter auf die Hilfe der Spurensicherung aus Oldenburg zurückgreifen müssen. Mona und Enno begrüßten die Kollegen und auch den Brauerei-Sachverständigen. Der Oberkommissar beschrieb die Aufgabenstellung, dann ging die Fahrt direkt zur Borkum Brauerei.

»Diese kleinen Betriebe schießen in letzter Zeit wie Pilze aus dem Boden«, berichtete der Fachmann für Hopfen und Malz. »Hochwertige Biermarken kommen immer mehr in Mode. Allerdings werden die Anlagen bei Inbetriebnahme streng geprüft. Allzu lange kann es diese Brauerei noch nicht geben, jedenfalls habe ich noch nie zuvor etwas darüber gehört.«

Die Kommissarin war sehr gespannt auf die Ergebnisse der Untersuchungen. Gleichzeitig freute sie sich, dass sie selbst mit ihrer Arbeit weitermachen konnte. Untätigkeit gehörte nicht zu Monas

Lieblingsbeschäftigungen. Es gab für sie und Enno genug zu tun, nachdem sie die Spezialisten am Fahrtziel abgesetzt hatten. Als das Polizeifahrzeug vor der Brauerei hielt, kam Feldmann höchstpersönlich aus der Schankstube, wo sich am Vormittag noch keine Gäste befanden.

Der Inhaber schüttelte so energisch die Hände der Ermittler, als ob er ein Politiker auf Staatsbesuch wäre.

»Ich danke Ihnen von ganzem Herzen dafür, dass Sie meine Sekretärin so schnell aus ihrer verzweifelten Lage befreien konnten! Selbstverständlich erwarte ich härteste Bestrafung für die Übeltäter!«

»Darauf hat die Polizei keinen Einfluss, das ist Sache des Gerichts«, stellte Enno klar, dem Feldmanns Überschwang natürlich genauso auffiel wie seiner Kollegin.

»Das ist mir bekannt, Herr Moll. Ich werde Chan… äh … Frau Willer empfehlen, sich einen Rechtsanwalt zu nehmen und als Nebenklägerin aufzutreten.«

»Wir müssen Ihrer Sekretärin noch einige Fragen stellen«, sagte Mona. »Befindet sie sich in Ihrem Ferienhaus?«

Der Brauereibesitzer warf ihr einen gereizten Blick zu.

»Ja, sie ruht sich nach den Strapazen dieser Entführung und der ärztlichen Untersuchung aus. Ich habe ihr ein paar Tage freigegeben. – Ist es denn wirklich notwendig, dass Sie Frau Willer noch einmal behelligen? Finden Sie nicht, dass sie schon genug durchgemacht hat?«

»Wir werden uns so kurz fassen wie möglich«, versicherte die Kommissarin. »Doch solange die Todesumstände Ihres Braumeisters ungeklärt sind, müssen wir unsere Arbeit erledigen. Womöglich werden unsere Kollegen schon bald neue Fakten präsentieren können.«

Mit diesen Worten deutete sie auf die Kriminaltechniker und den Sachverständigen, die inzwischen ausgestiegen waren.

Man konnte Feldmann ansehen, dass er von dem Besuch durch die Spezialisten nicht begeistert war. Andererseits: Je eher das Sudhaus polizeilich freigegeben wurde, desto früher konnte die Bierproduktion wieder anlaufen – falls er kurzfristig einen neuen Braumeister fand. Dieser Zusammenhang musste dem Unternehmer klar sein. Daher spielte er nun den freundlichen Gastgeber und führte die Männer höchstpersönlich in seinen Betrieb.

Die Inselkommissare stiegen wieder in den VW-Transporter, und Enno steuerte das Ferienhaus an.

»Wann wollen wir uns eigentlich diesen Krischan Klott vorknöpfen?«, wollte die Kommissarin von ihrem Kollegen wissen.

»Wir sollten uns nicht zu sehr auf Chantal einschießen. Immerhin wären bei seinem Zoff mit Jopp beinahe die Fäuste geflogen, wenn ich das richtig verstanden habe.«

»Wir können zu Krischan fahren, nachdem wir mit der Sekretärin gesprochen haben«, schlug Enno vor. Er fügte hinzu: »Und dann ist es fast schon Zeit für die Mittagspause.«

Mona lachte.

»Hast du Angst, vom Fleisch zu fallen?«

Der Oberkommissar grinste breit und strich mit der linken Hand über seinen imposanten Bauch, während die rechte weiterhin das Lenkrad hielt.

»Das nun nicht gerade. Aber das Denken fällt mir schwer, wenn ich Kohldampf schieben muss.«

Wieder wurde den Ermittlern von Saskia Feldmann geöffnet, nachdem sie an der Tür des Ferienhauses geklingelt hatten.

»Sie wollen also zu Chantal? Madame genießt noch ihren Schönheitsschlaf. Ich werde versuchen, sie wachzubekommen. Garantieren kann ich allerdings für nichts.«

Diese abfälligen Sätze der Schwiegertochter ärgerten die Kommissarin.

»Wenn man Sie entführt hätte, würden Sie auch Ruhe benötigen!«, fauchte Mona. Saskia Feldmann zuckte mit den Schultern.

»Wenn Sie dieser Meinung sind, Frau Sander … ich halte die *Sekretärin* meines Schwiegervaters allerdings für eine ausgewachsene Drama Queen. Und so lebensbedrohlich können ihre Verletzungen ja nicht sein, denn dann hätte man sie nicht aus dem Krankenhaus entlassen.«

Die Ermittlerin hätte Feldmanns Schwiegertochter gern einen kleinen Vortrag über Mitgefühl gehalten, hütete aber ausnahmsweise ihre Zunge. Es war aufschlussreich genug, dass Saskia Chantal offensichtlich nicht ausstehen konnte. Aus welchem Grund? Mona erinnerte sich an ihre erste Begegnung mit der Familie. Saskias Ehemann hatte sich abfällig gegenüber der Sekretärin geäußert. Waren Enrico und seine Frau einfach nur versnobt oder steckte mehr dahinter? Befürchteten sie vielleicht, ihr zukünftiges Erbe mit

Feldmanns Geliebter teilen zu müssen oder sogar ganz leer auszugehen?

»Ist Ihr Schwiegervater eigentlich verwitwet?«, fragte Mona direkt.

»Sie haben es erraten, Frau Sander. – Ich werde nun versuchen, die blonde Grazie aufzuwecken.«

Mit diesen Worten ließ Saskia Feldmann die Inselkommissare stehen. Die beiden grinsten sich gegenseitig an. Mona war sicher, dass auch Enno sich seinen Teil dachte. Sie konnten jetzt nicht ausführlich miteinander reden, das würden sie dann beim Mittagessen nachholen. Mona hörte, wie im hinteren Bereich des Ferienhauses gegen eine Tür geklopft wurde. Außerdem konnte man zwei weibliche Stimmen vernehmen. Die Kriminalisten warteten in dem weitläufigen Wohnsalon, von dem aus man einen schönen Ausblick auf die Dünen hatte. Einige Minuten später kam Chantal Willer zu ihnen. Die Sekretärin trug einen Morgenmantel aus Frotteestoff, der bis zu den Waden reichte. Ihr Haar war ungekämmt und stand teilweise widerspenstig vom Kopf ab. Mona erblickte Chantal zum ersten Mal ungeschminkt. Die junge Frau wirkte verschlafen.

»Entschuldigen Sie diesen Auftritt«, sagte sie mit matter Stimme, »das Beruhigungsmittel aus dem Krankenhaus hatte eine lang anhaltende Wirkung. Ich konnte mich noch gar nicht richtig bei Ihnen beiden bedanken. Der gestrige Tag kommt mir wie ein Alptraum vor, der nicht enden wollte.«

»Wir haben nur unsere Pflicht getan«, erwiderte die Kommissarin. »Und wir konnten die Identität der beiden Tatverdächtigen ermitteln. Fühlen Sie sich dazu in der Lage, eine Aussage zu machen?«

Bevor die Sekretärin antworten konnte, mischte Saskia Feldmann sich ein.

»Es geht mich ja nichts an, aber hat mein Schwiegervater Ihnen nicht verboten, mit der Polizei zu sprechen?«

Mona warf ihr einen harten Blick zu.

»Unser heutiger Besuch hat nichts mit der Vorladung zu tun, die nach wie vor gilt«, stellte sie klar. »Und wenn Frau Willer zu einem offiziellen Verhör kommt, kann sie selbstverständlich von einem Rechtsanwalt begleitet werden. Wir können jetzt auch wieder gehen.«

»Nein, Sie sollen mich nicht für undankbar halten«, murmelte Chantal. »Ich erinnere mich ungern an die Entführung, aber das muss wohl sein.«

Saskia Feldmann war an der Tür stehen geblieben, sie hatte die Arme vor der Brust gekreuzt.

»Na schön, ich will nicht querschießen. – Soll ich einen Kaffee kochen?«, bot sie an.

»Das wäre sehr freundlich von Ihnen«, antwortete Enno. Saskia Feldmann verschwand.

»Erzählen Sie uns, was gestern geschehen ist – am besten ab dem Zeitpunkt, als Sie zur Polizeistation fahren wollten«, sagte Mona.

»Das ist schnell berichtet, Frau Sander. Gegen halb fünf machte ich mich mit dem Fahrrad auf den Weg. Am unteren Ende der Waterdelle wollte ich nach links abbiegen, als ich plötzlich von einem Lieferwagen überholt wurde. Das Fahrzeug schnitt mir den Weg ab, ich musste bremsen. Im ersten Moment glaubte ich, der Fahrer hätte die Kontrolle über seinen Wagen verloren. Ich wollte ihm helfen, ist das nicht verrückt? Er sprang aus dem Auto und bedrohte mich mit einem Messer.«

Chantal rang nach Atem und senkte den Blick. Die Kommissarin vermutete, dass sie diesen schockierenden Moment innerlich noch einmal durchlebte.

»Hat der Mann etwas zu Ihnen gesagt?«, hakte Mona nach.

»Ja, dass ich ruhig sein solle. Ich war sowieso viel zu verängstigt, um zu schreien. Es ging alles so schnell.«

»Konnten Sie erkennen, wie der Angreifer aussah?«

Die Sekretärin nickte und lieferte den Kriminalisten nach und nach eine sehr brauchbare Beschreibung von Maik Lüders. An der Tatbeteiligung des jungen Mannes gab es eigentlich keinen Zweifel. Allerdings konnte es nichts schaden, wenn die Staatsanwaltschaft auch noch diese Aussage des Entführungsopfers bekam.

»Was passierte als Nächstes?«, erkundigte Enno sich.

»Der Verbrecher stieß mich in den Lieferwagen, fesselte und knebelte mich. Außerdem warf er mein Fahrrad und meine Handtasche hinein. Das kann nicht allzu lange gedauert haben, obwohl es mir wie eine halbe Ewigkeit vorkam. Ich hoffte, dass jemand vorbeikommen und die Polizei rufen würde. Leider war keine Menschenseele in der Nähe.«

Die Ermittlerin wusste aus eigener Erfahrung, dass Zeitempfindung etwas sehr Subjektives war. Vermutlich hatte das eigentliche Kidnapping nicht länger als drei oder vier Minuten gedauert, wenn Maik Lüders zielgerichtet vorgegangen war. Da die Waterdelle keine vielbefahrene Durchgangsstraße war, hatte er während dieses Zeitraums das Verbrechen ungestört bei Tageslicht begehen können.

Chantal benötigte einige Minuten, um sich zu sammeln. Dann redete sie ohne Aufforderung weiter: »Er brachte mich zu diesem Schuppen, in den er mich legte. Er drohte mir, dass ich keinen Lärm machen sollte. Der Mann schloss die Tür und ließ mich in der Finsternis zurück. Ich konnte vor lauter Furcht keinen klaren Gedanken fassen, Frau Sander. Irgendwann wurde die Tür wieder geöffnet, jemand leuchtete mit einer Taschenlampe in mein Gesicht. Ich hörte die Stimme einer alten Frau. Sie sagte: »Das ist also die Mörderin meines Mannes.« Am liebsten hätte ich protestiert, denn ich habe niemanden getötet. Doch ich war nach wie vor geknebelt. In dem Moment glaubte ich, dass ich nun sterben müsste. Stattdessen wurde die Tür geschlossen. Ich döste eine Zeitlang vor mich hin, bis ich Ihre Stimmen an der Haustür hörte. Ich versuchte, mich irgendwie bemerkbar zu machen. Und das hat ja zum Glück auch geklappt.«

Das Erzählen schien Chantal erschöpft zu haben. Saskia Feldmann kam mit einer Kaffeekanne, drei Tassen, Zucker und Kondensmilch herein. Nachdem sie die Dinge auf den Couchtisch gestellt hatte, ging sie wortlos wieder hinaus. Feldmanns Schwiegertochter schien kein Interesse am Schicksal der Sekretärin zu haben.

Mona schenkte den Kaffee für Enno, Chantal und sich selbst ein. Dann sagte sie: »Femke Jopp hat uns gegenüber gestanden, dass sie Ihren Tod geplant hat, Frau Willer. Sie ist überzeugt davon, dass Sie ihren Ehemann getötet haben.«

»Diese Alte muss vor Schmerz verrückt geworden sein!«, stieß Chantal hervor. »Warum hätte ich das tun sollen? Ich bin keine Mörderin!«

»Es gibt Hinweise darauf, dass Okko Jopp Frauen in Ihrer Altersgruppe belästigt haben soll«, erklärte Enno.

»Ich habe Herrn Jopp kaum gekannt.«

Chantals ausweichende Antwort machte Mona stutzig.

»Verzeihen Sie, aber dieser Satz ist nicht sehr plausibel. Sie sind Herrn Feldmanns Sekretärin, und Jopp war einer der wichtigsten

Mitarbeiter in der Brauerei. Ich dachte, dass Sie zumindest bei der Arbeit öfter mit ihm zu tun hatten.«

»Ja, richtig«, lautete die Erwiderung. »Bei solchen Gelegenheiten war aber Herr Feldmann stets dabei. Glauben Sie wirklich, dass Herr Jopp mich in Gegenwart des Chefs bedrängt hätte?«

Dieses Argument leuchtete ein, wie die Kommissarin fand. Trotzdem kam es ihr so vor, als ob die Sekretärin nicht mit offenen Karten spielen würde. Jopp wäre wohl wirklich nicht so dreist gewesen, der attraktiven Blonden im Beisein von Feldmann an die Wäsche zu gehen. Doch was für eine Situation hätte entstehen können, wenn Chantal und Jopp allein gewesen wären?

»Also ist der Braumeister Ihnen bei der Bierverkostung nicht zu nahe gekommen?«, vergewisserte Enno sich. Die junge Frau schüttelte den Kopf.

»Zu keinem Zeitpunkt, Herr Moll. Ich war die meiste Zeit in der Nähe meines Chefs. Ich habe auch ein paar Sätze mit Herrn Jopp gewechselt, doch er wurde während des ganzen Abends nicht zudringlich.«

Chantal nippte zwischendurch immer wieder an ihrer Kaffeetasse. Die aromatische Flüssigkeit schien sie zu beleben, ihre fahlen Wangen bekamen Farbe.

»Wann haben Sie bemerkt, dass Ihre Handtasche fehlte?«, fragte die Ermittlerin.

»Da war ich schon daheim im Ferienhaus, Frau Sander. Wie gesagt, ich war an dem Abend nicht mehr ganz nüchtern. Ich musste die Brauerei repräsentieren und mit vielen unserer Gäste anstoßen, entsprechend hoch war mein Alkoholpegel. Ich hatte trotzdem keinen Filmriss, sondern kann mich noch an alles erinnern. Ich kehrte mit den Feldmanns heim, wir fuhren in zwei Taxis. Als ich früh am nächsten Morgen aufwachte, fiel mir auf, dass meine Handtasche fehlte. Ich dachte zuerst, dass ich sie hier im Wohnsalon oder in der Küche gelassen hätte. In meinem Zimmer war sie nicht. Also fuhr ich zur Brauerei, ich habe einen eigenen Schlüssel. Dort fand ich dann den Leichnam.«

»Gestern war Ihre Handtasche aber wieder vorhanden«, stellte Mona fest. »Wo haben Sie sie gefunden?«

»Die Tasche befand sich doch in meinem Zimmer, ich habe nur nicht richtig nachgeschaut«, behauptete Chantal. »Wie gesagt, ich war an dem Morgen arg verkatert.«

Die Kommissarin stand auf, ihr Kollege folgte ihrem Beispiel.

»Das wäre für den Moment alles, Frau Willer«, sagte Mona. »Ihre Vorladung hat immer noch Gültigkeit. Wir werden Ihnen einen neuen Termin für ein offizielles Zeugenverhör zukommen lassen, sodass Sie Ihren Anwalt rechtzeitig benachrichtigen können. Wie ich höre, ist er nach Emden zurückgekehrt, nachdem Sie gestern nicht erschienen sind.«

Diese Ansage schien Chantal zu erschrecken.

»Stehe ich denn unter Mordverdacht?«

»Noch steht nicht fest, ob überhaupt ein Verbrechen vorliegt«, betonte Mona. »Schaffen Sie es, morgen um dreizehn Uhr zur Polizeistation zu kommen? Dann könnte Ihr Rechtsbeistand mit der Morgenfähre auf die Insel gelangen.«

»Das wird schon gehen«, murmelte die Sekretärin.

»Es gibt einige unklare Punkte, die wir dann mit Ihnen besprechen möchten«, sagte Enno freundlich. »Nun können Sie sich erst einmal weiter ausruhen.«

Die Inselkommissare verließen das Ferienhaus. Mona sprach erst wieder, als sie im Auto saßen: »Die angeblich verschwundene Handtasche kommt mir äußerst unglaubwürdig vor, Enno!«

»Warum?«

»Männer!«, erwiderte Mona und rollte ungeduldig mit den Augen. »Welche Frau merkt nicht sofort, dass ihre Handtasche fehlt?«

»Du beispielsweise«, gab er trocken zurück. »Besitzt du überhaupt so ein Ding?«

»Ob ich …? Was ist das denn für eine Frage? Selbstverständlich habe ich eine Handtasche, sogar mehrere.«

»Ich kann mich nicht erinnern, dich jemals mit einer Handtasche gesehen zu haben, Mona.«

»Ja, weil sie mir bei der Arbeit nur im Weg wäre. Soll ich im Einsatz meine Pistole aus dem Handtäschchen fischen, als ob wir in einer französischen Krimikomödie der Sechzigerjahre wären?«

Enno lachte und sagte: »Das stelle ich mir gerade bildlich vor! Nein, ernsthaft: Du hältst Chantal für Jopps Mörderin?«

»Zumindest kann sie für seinen Tod verantwortlich sein«, gab Mona einschränkend zurück. »Das Mordelement der Heimtücke fehlt, falls die Tat folgendermaßen abgelaufen ist: Chantal geht ins Sudhaus, meinetwegen auf Suche nach der Handtasche. Jopp folgt ihr und wird zudringlich, sie wehrt sich ihrer Haut. Der Angreifer überlebt nicht.«

»So kann es gewesen sein«, meinte Enno. »Allerdings finde ich es nicht einleuchtend, dass eine kleine, zierliche Person wie Chantal den Hundert-Kilo-Mann Jopp in den Biertank wuchtet.«

»Durch den Stress stand sie unter Adrenalin, wodurch zusätzliche Kräfte freigesetzt werden«, erwiderte Mona. Ihr Smartphone klingelte. Sie nahm das Gespräch an, meldete sich mit Namen und Dienstgrad.

»Ich bin Dr. Thomae vom gerichtsmedizinischen Institut Oldenburg«, sagte eine tiefe Männerstimme. »Sie hatten um ein Zwischenergebnis der Obduktion des neunundfünfzigjährigen Toten gebeten?«

»Ja, richtig. Können wir von einer Kohlendioxid-Vergiftung ausgehen?«

»Nein, diese Todesursache kann man ausschließen«, gab der Pathologe zurück. »Vielmehr wurde der Mann erstickt. Ich gehe davon aus, dass der Täter oder die Täterin ihm einen weichen hellblauen Baumwollstoff auf Nase und Mund gepresst hat. Ich konnte nämlich mikroskopisch kleine Fasern eines solchen Gewebes in seiner Lunge nachweisen. In der Mundhöhle haben wir hingegen weiße Baumwollreste gefunden.«

»Die weißen Fasern sind aber nicht in die Lunge gelangt?«

»Das ist korrekt, Frau Sander.«

»Haben Sie eine Erklärung dafür?«

»Für Schlussfolgerungen sind ja eigentlich Sie zuständig«, scherzte der Gerichtsmediziner. »Womöglich hat das Opfer aus irgendwelchen Gründen auf den weißen Stoff gebissen, während er zu einem etwas späteren Zeitpunkt mithilfe des hellblauen Textils erstickt wurde. Außerdem haben wir DNA-Reste einer weiblichen Person unter seinen Fingernägeln gefunden. Vor dem Tod hat anscheinend ein Kampf stattgefunden. Dafür sprechen auch einige leichte Hämatome auf dem Oberkörper des Mannes.«

Mona überlegte.

»Weicher hellblauer Baumwollstoff – könnte es das Material sein, aus dem Damenslips produziert werden?«

»Das ist sehr wahrscheinlich.«

»Und um welche Uhrzeit ist der Tod eingetreten?«

»Zwischen Mitternacht und zwei Uhr morgens.«

Kapitel 10

Mona bedankte sich bei Dr. Thomae und beendete das Telefonat. Enno merkte ihr die Aufregung deutlich an.

»Was gibt es Neues?«, wollte er wissen.

Die Kommissarin berichtete, was sie von dem Gerichtsmediziner erfahren hatte. Sie ergänzte: »Nun können wir einen Unfalltod definitiv ausschließen, mein Lieber! Das Obduktionsergebnis passt zu meiner Annahme, dass Chantal sich gegen einen Vergewaltigungsversuch zur Wehr gesetzt hat. Anscheinend ist es Jopp sogar gelungen, ihr den Slip auszuziehen. Und gerade dieses Stück Wäsche hat ihr dann als Waffe gedient, um ihn zu ersticken. Nachdem er tot war, wuchtete sie den Oberkörper in den Biertank. Chantal ist die Sekretärin eines Brauereibesitzers. Ihr wird bekannt sein, dass es in dieser Branche tödliche Unfälle durch Kohlendioxid gibt. Also hat sie versucht, dadurch von ihrer Tat abzulenken. Womöglich war ihr nicht klar, dass das Gas sich im Körper nicht nachweisen lässt, weil er es gar nicht eingeatmet hat.«

»Alles, was du sagst, klingt schlüssig«, meinte der Oberkommissar. »Wir sollten sie direkt auf den Tatverlauf ansprechen. Dann fällt es ihr womöglich leichter, ein Geständnis abzulegen. Niemand gibt gern zu, dass er einen anderen Menschen getötet hat. Noch nicht einmal dann, wenn es in Notwehr geschah.«

»Ja, das sollten wir versuchen«, stimmte die Ermittlerin zu. »Über ihre Gründe können wir momentan nur spekulieren. Womöglich hat Chantal sich geschämt, was weiß ich. Immerhin schien Jopp ihr Gewalt antun zu wollen. Oder sie fürchtete, dass ihr Chef sauer werden könnte, weil sie seinen Braumeister umgebracht und dadurch sein Geschäft geschädigt hat.«

»So, wie ich Feldmann kenne, wäre ihm eine solche Reaktion durchaus zuzutrauen«, brummte Enno. »Trotzdem sollten wir uns nicht zu sehr auf Chantal einschießen, denn dann bräuchten wir jetzt gar nicht Krischans Kneipe anzusteuern.«

Während ihres Gesprächs waren die Inselkommissare nämlich schon losgefahren und hatten das Ziel fast erreicht. *Krischan's* war ein kleines, unscheinbares Lokal an der Hindenburgstraße, fast schon am Ortsausgang. Mona fragte sich ernsthaft, welcher Gast sich hierher verirren sollte. Auch die Nordsee Klause ihres Freundes konnte nicht mit einer Traumlage punkten, befand sich aber in fußläufiger Nähe zum Yachthafen. Es war Jan Lummer gelungen, sich über die Jahre ein Stammpublikum aufzubauen. Sein Lokal erfreute sich unter den Freizeitskippern großer Beliebtheit. Der Wirt des Krischan's konnte dagegen höchstens auf Anwohner sowie auf Radtouristen hoffen, die bei einer längeren Tour eine Pause einlegen wollten.

Klotts Lokal verfügte sogar über drei eigene Parkplätze, die alle frei waren. Enno stellte den VW-Transporter auf einem davon ab und betrat gemeinsam mit Mona das Krischan's.

Die dunkle Holztäfelung schuf sofort eine düstere Atmosphäre. Es roch nach abgestandenem Bier und scharfem Allzweckreiniger. Die Stühle waren hochgestellt worden, damit sich der ausgetretene Dielenboden leichter säubern ließ. Mona erblickte im Hintergrund eine gebückte Gestalt, die einen Aufnehmer schwang.

»Moin, Krischan!«, rief Enno.

Also ist der Putzmann gleichzeitig der Inhaber, dachte Mona. Klott musste wirklich finanziell aus dem letzten Loch pfeifen, wenn er seine Kneipe selbst auf Vordermann brachte. Auch ihr Freund konnte sich mit seiner Nordsee Klause keine goldene Nase verdienen. Trotzdem wäre Jan nie auf den Gedanken gekommen, beim Putzen selbst Hand anzulegen. Und zwar nicht, weil er sich dafür zu schade gewesen wäre. Er handelte nach dem alten Inselmotto: *Eine Hand wäscht die andere.* Wer Arbeit zu vergeben hatte, und wenn es auch nur ein Putzjob war, der tat es. Im Gegenzug tranken die Borkumer dann ihr Bier im Zweifelsfall lieber bei Jan als bei einem Fremden wie Feldmann.

»Moin, Enno«, gab Klott schlecht gelaunt zurück. »Was wollt ihr denn hier?«

Die Inselkommissare kamen näher, bis sie dem Wirt direkt gegenüberstanden. Mona schaute sich Klott näher an. Er war mittelgroß, hatte schütteres Haar und schwere Tränensäcke unter den Augen. Seine Kleidung bestand aus einer abgetragenen Kordhose und einem ausgeblichenen Sweatshirt. Sie hoffte für ihn, dass er diese Montur nur zum Putzen trug. Obwohl die Kommissarin selbst kein Modepüppchen war, wusste sie, dass gepflegtes Aussehen des Servicepersonals von vielen Urlaubsgästen erwartet wurde. Klott war kein Aushängeschild für sein eigenes Lokal, so lautete zumindest Monas Urteil.

»Das ist meine Kollegin, Kommissarin Sander«, stellte der Ostfriese sie vor. »Hast du einen Moment Zeit für uns?«

»Ich muss hier Klarschiff machen, könnt ihr nicht später wiederkommen?«, erwiderte Klott. Seine ablehnende Haltung war eindeutig. Damit geriet er bei Mona gerade an die Richtige.

»Wie ich höre, ist ein gewaltiger Gästeansturm nicht Ihr größtes Problem!«, fauchte sie. »Und je ehrlicher Sie uns gegenüber sind, desto schneller verschwinden wir auch wieder!«

Der Wirt warf ihr einen gereizten Blick zu, doch dann knickte er ein.

»Die Spatzen pfeifen es von den Dächern, dass ich am Rand des Abgrunds stehe. Seid ihr nur gekommen, um euch über mich lustig zu machen?«, grollte er.

Enno schüttelte den Kopf.

»Das ist doch Unsinn, Krischan. Wir sind Polizeibeamte und ermitteln Okko Jopps Todesumstände. Warum sollten wir uns an deinen wirtschaftlichen Problemen erfreuen?«

Der Oberkommissar ging fest davon aus, dass Klott schon von dem Todesfall gehört hatte. Schon lange vor der Erfindung von »sozialen Medien« funktionierte der »Buschfunk« auf der Insel ausgezeichnet.

»Klar, ich habe mitgekriegt, dass Jopp nicht mehr lebt«, erwiderte der Wirt. »Und glaubt bloß nicht, dass ich deswegen in Krokodilstränen ausbreche. Er war ein Fiesling, das sage ich jedem, der es hören will.«

»Wir möchten mehr über den Streit erfahren, den Sie bei der Bierverkostung mit dem Braumeister hatten«, forderte Mona. Klott warf ihr einen seltsamen Blick zu.

»Glaubt ihr, ich wäre für seinen Tod verantwortlich? Er ist doch in einen Braukessel oder so etwas gefallen, zumindest habe ich das gehört.«

»Wir befragen dich momentan als Zeugen und nicht als Beschuldigten«, erklärte Enno. »Es geht darum, dass wir uns ein Bild von dem Abend in der Brauerei machen können.«

Klott musterte die Gesichtszüge des Oberkommissars. Versuchte der Wirt einzuschätzen, ob er dem Ermittler vertrauen konnte? Mona führte sich vor Augen, dass die beiden Männer einander länger kannten. Und ein Inselfriese öffnete sich im Zweifelsfall eher gegenüber seinesgleichen. Klott begann zögernd zu sprechen:

»Ja, wenn das so ist ... Feldmann hat natürlich gewaltig auf die Sahne gehauen. Er schwang große Reden und ließ sich darüber aus, wie gut es wäre, auf der Insel selbst Bier brauen zu können. Klar, er selbst macht auf jeden Fall einen Schnitt. Feldmann verkauft uns Gastronomen seinen Gerstensaft und schenkt ihn in seiner Braustube selbst aus. Er gewinnt auf jeden Fall – vor allem, wenn viele von uns in Konkurs gehen.«

»Wie kam es zu dem Streit mit Jopp?«, wollte Enno wissen. Klott machte eine wegwerfende Handbewegung.

»Ich bin aus purer Neugier zu dieser Bierverkostung gegangen. Ich kann meine Lieferverträge nicht so schnell kündigen, wobei ich mit einem Großmaul wie Feldmann sowieso nie Geschäfte machen würde. Es spricht doch Bände, dass er einen Dreckskerl wie Jopp angeheuert hat! Kennst du jemanden auf Borkum, der ihn mochte? Ich nicht.«

»Seine Frau ist für Jopp eingetreten«, meinte Mona.

»Femke hält nur zu ihrem Ehemann, weil sie sich dazu verpflichtet fühlt«, behauptete Klott. »Außerdem halte ich sie für sehr traditionell. Auf dem Festland hätte sie sich wahrscheinlich schon längst scheiden lassen. Es ist ja kein Geheimnis, dass Jopp es immer auf junges Gemüse abgesehen hatte.«

»Kommen wir auf die Bierverkostung zurück«, mahnte der füllige Ostfriese. »Wie bist du mit Jopp aneinandergeraten?«

»Es fiel dem Kerl noch niemals schwer, seinen Mitmenschen auf den Wecker zu gehen«, behauptete Klott. »Als Jopp mich an dem Abend anquatschte, hatte er schon reichlich getankt. Seine Bierfahne raubte mir fast den Atem. Damit will ich nicht sagen, dass er mir in nüchternem Zustand sympathischer gewesen wäre. Er fing sofort damit an, sich über mich lustig zu machen. Jopp fragte, ob ich jedes Mal meine Inneneinrichtung entstauben müsste, wenn ausnahmsweise mal ein Gast käme.«

Nach dem, was Mona bisher gehört hatte, kämpfte dieser Gastronom tatsächlich um sein wirtschaftliches Überleben. Da war es natürlich besonders gemein, auch noch Salz in diese Wunde zu streuen.

»Hattest du den Eindruck, dass Jopp dich provozieren wollte?«, forschte der Oberkommissar.

»Ich weiß es nicht, Enno. Dieser selbstherrliche Braumeister hat einfach nach Leuten gesucht, die er heruntermachen konnte.

Wahrscheinlich ist es purer Zufall gewesen, dass seine Wahl auf mich fiel. Er kannte sich auf der Insel gut aus, das muss ich ihm lassen. Wahrscheinlich waren Jopp die Schwächen jedes einzelnen Gastes bei der Bierverkostung bekannt.«

Falls das stimmte, wurde die Anzahl der möglichen Verdächtigen nach Monas Ansicht dadurch enorm erhöht. Andererseits: Wenn Jopp wirklich mit einem weiblichen Wäschestück erstickt wurde, konnte man einen männlichen Täter vorerst ausklammern.

Klott fuhr fort: »Ich sagte Jopp also, dass er mich in Ruhe lassen sollte. Außerdem rieb ich ihm unter die Nase, dass sein Herr und Meister Feldmann als Mann von außen unsere gewachsene Borkumer Gastro-Szene niemals würde zerstören können. Daraufhin lachte er mir frech ins Gesicht und sagte: ›Herr und Meister? Glaubst du Trottel wirklich, dass Feldmann bestimmen kann? Er muss nach meiner Pfeife tanzen, so sieht es aus.‹«

Mona horchte auf.

»Waren das Jopps exakte Worte, Herr Klott?«

»Ja, die habe ich mir gemerkt, obwohl ich schon ziemlich neben der Spur war. Und der Kerl hörte nicht mit seinen Sticheleien wegen meines gastronomischen Misserfolgs auf. Mir wäre beinahe die Hand ausgerutscht, obwohl ich mich eigentlich beherrschen kann. Am liebsten hätte ich ihm mein Bier ins Gesicht gekippt, wir schrien uns nur noch an. Aber ich wollte Jopp den Triumph nicht gönnen, mich völlig ausrasten zu sehen. Also verschwand ich von der Bildfläche.«

»Und Sie sind später nicht zurückgekommen?«, vergewisserte Mona sich.

Der Wirt kniff die Augen zusammen.

»Glauben Sie, ich hätte diesen miesen Braumeister umgebracht? Ich wette, dass die halbe Insel ihn und seinen Chef Feldmann verabscheut. Wenn die Borkum Brauerei Erfolg hat, dann werden einige Lokale seine Kampfpreise nicht überleben. Und die Kneipiers, die sich in Zukunft von Feldmann beliefern lassen, müssen für ihn durch einen brennenden Reifen springen.«

»Mit diesen Plänen dürfte es wegen Jopps Tod vorerst Essig sein«, stellte Enno fest. Klott nickte eifrig.

»Richtig, denn ohne Braumeister gibt es kein Bier.«

Spätestens, wenn die Stelle neu besetzt wird, kann die Produktion aber wieder anlaufen, dachte die Kommissarin. Durch Jopps Tod wurde also Feldmanns Vorhaben nur verzögert, nicht aus der Welt geschafft. Es war allerdings fraglich, ob ein verzweifelter Gastronom so weit im Voraus dachte. Insbesondere, wenn er nicht mehr ganz nüchtern war. Doch aufgrund der Baumwollfasern in Jopps Lunge war Chantal immer noch Monas Hauptverdächtige.

»Das wäre für den Moment alles, Krischan«, sagte Enno.

»Ich habe Jopp wirklich nicht getötet«, beteuerte der Gastronom. »Falls ihr noch Fragen habt, dann wisst ihr ja, wo ihr mich findet.«

Die Inselkommissare verließen die Kneipe und stiegen in ihren Dienstwagen.

»Jetzt könnte ich wirklich einen Happen vertragen«, seufzte Monas Kollege. Sie schaute auf die Uhr.

»Lass uns doch zur *Dünen Klause* fahren«, schlug die Ermittlerin vor. »Dort wird es um diese Uhrzeit noch nicht so voll sein. Wenn wir uns draußen hinsetzen, können wir wahrscheinlich ungestört über unseren Fall reden.«

Damit war der Oberkommissar einverstanden. Es dauerte nicht lange, bis sie ihr Fahrtziel erreicht hatten. Das Auto ließen sie unten an der Straße zurück und legten die letzten Meter auf dem Fußweg zurück, der aus roten Backsteinen gemauert worden war. Das Lokal machte seinem Namen alle Ehre, denn es war von grüner Dünen-Vegetation umgeben. Mona behielt mit ihrer Einschätzung recht, denn im Außenbereich saß nur ein älteres Touristenpärchen. Die Inselkommissare grüßten freundlich und nahmen in einem der Strandkörbe am Rand der Terrasse Platz. Enno bestellte bei der Kellnerin Labskaus, Mona wollte eine Fischsuppe. Nachdem die Bedienung sich wieder entfernt hatte, wandte die Kommissarin sich an ihren Kollegen: »Du kennst Krischan Klott. Glaubst du, dass er uns ein Märchen aufgetischt hat? Oder könnte Jopp seinen Chef wirklich in der Hand gehabt haben?«

»Ich würde Krischan nicht unbedingt als meinen Blutsbruder bezeichnen«, schränkte der Oberkommissar ein. »Unsere Bekanntschaft beschränkt sich darauf, dass ich seinen Namen weiß und ihn grüße, wenn ich ihm auf der Straße begegne. Ich weiß nicht allzu viel über ihn.«

»Jedenfalls mehr als ich.«

»Das stimmt, Mona. Mir fällt auf Anhieb kein Grund ein, weshalb Klott uns in dieser Hinsicht anlügen sollte. So eine Prahlerei passt zu

Jopp, er trumpfte gern auf und machte sich selbst größer, als er eigentlich war.«

»Lass uns für den Moment annehmen, dass Klott die Wahrheit gesagt hat«, meinte Mona. »Wenn der Braumeister seinen Chef wirklich in der Hand hatte, hätte er sich sogar gegenüber Chantal Frechheiten herausnehmen können. Feldmann musste gute Miene zum bösen Spiel machen, falls das wirklich so war. Wer weiß, wie lange Jopp die junge Frau schon bedrängt hat. Bei der Bierverkostung ging er dann endgültig zu weit, sodass sie sich mit dem bekannten Ergebnis zur Wehr setzte.«

»So könnte es wirklich gewesen sein«, erwiderte Enno. »Wie wäre es, wenn wir nach dem Essen die Zeugenliste weiter abarbeiten und dabei nach Fotos oder Videoaufnahmen fragen? Wenn wir großes Glück haben, wird man auf dem Material sehen können, wie Jopp in das Sudhaus geht. Oder torkelt, besser gesagt.«

Mona nickte und blinzelte in die Helligkeit. Außer den Strandkörben gab es auf der Terrasse normale Gartenmöbel unter großen Sonnenschirmen. Unerfahrene Borkum-Urlauber unterschätzten oft die Intensität der Sonnenbestrahlung auf dieser Insel weit vor der Küste. Doch da die Kommissarin ganzjährig auf dem Eiland lebte, hatten sich ihre Haut und ihr Organismus auf die Wetterbedingungen eingestellt.

Allmählich füllte sich die Dünen Klause mit Gästen. Die Ermittler sprachen über unverfängliche Themen, während sie sich ihre Speisen schmecken ließen. Nachdem sie bezahlt hatten, sprachen die beiden mit der Wirtin über die Bierverkostung. Ihr Name stand nämlich auch auf der Liste. Leider war ihr nichts Ungewöhnliches aufgefallen, und sie hatte auch keine Fotos oder Videoaufnahmen gemacht.

Geduld und Beharrlichkeit gehören zu den wichtigsten Eigenschaften eines Kriminalisten, diese Erfahrung hatte Mona schon oft genug gemacht. Während der folgenden Stunden gelang es ihr und Enno, die meisten Besucher von Feldmanns Veranstaltung persönlich zu sprechen. Einige von ihnen hatten fotografiert oder gefilmt. Sie stellten die Aufnahmen bereitwillig der Polizei zur Verfügung. Keiner von ihnen schien wegen Jopps Tod besonders erschüttert zu sein. Allerdings hörten die Ermittler während der Befragungen auch heraus, dass kein Gastwirt an einen Mord glaubte. Die Besucher der Bierverkostung schienen ausnahmslos der

Meinung zu sein, dass der Braumeister seinem eigenen Alkoholkonsum zum Opfer gefallen war.

Die Inselkommissare hatten die Liste vollständig abgearbeitet und kehrten in ihr Büro zurück.

»Weißt du, was mir aufgefallen ist, Enno? Offenbar hat niemand Jopp gemocht. Trotzdem konnte sich keiner der Wirte vorstellen, dass man den Braumeister umgebracht hat.«

Der Ostfriese zuckte mit seinen breiten Schultern.

»Es ist ein Unterschied, ob man jemanden einfach nur unsympathisch findet oder ihn so sehr hasst, dass man sein Leben auslöschen möchte. Sicher, Jopp hat sich überall unbeliebt gemacht. Aber sogar auf einer Insel kann man so einer Person aus dem Weg gehen.«

»Falls man nicht mit ihm zusammenarbeiten muss, so wie die Feldmanns und sämtliche in der Brauerei beschäftigten Frauen«, unterstrich Mona. Sie hatte sich von den Gästen die Foto- und Video-Dateien auf ihr Smartphone schicken lassen. Nun übertrug sie das Material auf ihren Dienst-PC, um die Bilder auf dem großen Monitor besser auswerten zu können. Enno kochte währenddessen einen Tee. Als er mit zwei Tassen zurückkehrte, blickte die Kommissarin auf.

»Ich habe erst einen Teil der Fotos durchgeschaut, und trotzdem konnte ich Chantal schon bei einer Lüge ertappen.«

Der Oberkommissar kam zu seiner Kollegin hinüber und beugte sich über ihre Schulter.

»Sie ist gar nicht den ganzen Abend lang an Feldmanns Seite geblieben?«

»Richtig, Enno! Sieh dir diese Fotos an: Der Brauereibesitzer spricht mit verschiedenen Gastronomen. Er sitzt am Tisch, er prostet Leuten zu, er winkt Meeno Bischof zu sich heran. Auf all diesen Bildern glänzt Chantal durch Abwesenheit.«

»Vielleicht musste sie mal kurz ihr Make-up richten«, schlug der Ermittler vor.

»Aber doch nicht stundenlang! Bei den Videos wird es noch deutlicher, die haben nämlich einen Timecode. Sie war mehrere Stunden lang fort. Was hat sie während dieser Zeit getrieben?«

»Diese Frau ist für Feldmann sehr wichtig«, stellte Enno fest. »Ich kann mir schwer vorstellen, dass er ihre Abwesenheit nicht bemerkt hat. Womöglich war sie in seinem Auftrag unterwegs.«

Mona hörte ihrem Kollegen zu, während sie sich weitere Aufnahmen anschaute. Viele Fotos zeigten Jopp, zumindest im Hintergrund. Also konnten der Braumeister und die Sekretärin nicht gemeinsam die Veranstaltung verlassen haben. Chantal war bei der Begrüßung der Gäste zu sehen, danach lange Zeit nicht mehr. Mona fand ein Bild, auf dem sich die Sekretärin offenbar unbeobachtet fühlte. Die Kommissarin fand, dass sie verzweifelt und sehr angespannt wirkte. Eine Wanduhr zeigte dreiundzwanzig Uhr dreiunddreißig. Das war nicht sehr lang vor Jopps Todeszeitpunkt.

»Chantal sieht sehr unglücklich aus«, stellte Enno fest. Er deutete auf das Foto.

Mona nickte und sagte: »Da sind wir wieder einmal derselben Meinung. Falls sie nicht die Mörderin ist, dann verschweigt sie uns zumindest etwas. So oder so halte ich sie für den Schlüssel zur Aufklärung dieses Falls.«

»Wenn Feldmann weiterhin auf der Anwesenheit des Anwalts bei der Befragung besteht, werden wir uns mindestens bis morgen gedulden müssen«, meinte der Oberkommissar. »Lass uns bei der Brauerei vorbeischauen, bevor wir Feierabend machen. Ich bin gespannt, ob die Kriminaltechniker heute etwas entdeckt haben.«

Damit war seine Kollegin einverstanden. Als die beiden einige Zeit später am Jakob-van-Dyken-Weg eintrafen, packten die Spezialisten gerade ihre Ausrüstung zusammen. Auch der Sachverständige gab an, seine Überprüfung beendet zu haben.

»Können Sie uns schon eine Bewertung geben?«, fragte Enno direkt.

»Jawohl, die technischen Einrichtungen sind in sehr gutem Zustand. Ein Unfall mit Kohlendioxid aufgrund von Mängeln lässt sich ausschließen. Es käme höchstens menschliches Versagen infrage«, lautete die Antwort. Mona war nicht erstaunt, da Jopp ohnehin nicht durch das Gas ums Leben gekommen war. Sie schlenderte zwischen dem Läuterbottich, der Maischpfanne und dem Hopfenkessel hindurch und ließ ihre Blicke über die Apparaturen zum Bierbrauen schweifen. Plötzlich blieb ihr Blick an einem Drahtkorb hängen. Er war mit hellblauen Baumwolllappen gefüllt. Sie wandte sich an den Bierbrauer vom Festland.

»Wozu dienen diese Stofffetzen?«

»Für den Brauvorgang benötigt man sie jedenfalls nicht«, erwiderte er. »Wahrscheinlich sind es einfach Putzlappen. Bei der Lebensmittelproduktion gelten strenge Hygienevorschriften.«

Mona bat einen Kriminaltechniker darum, ein Stoffstück mit nach Oldenburg zu nehmen und mit den Fasern aus Jopps Lungen vergleichen zu lassen. Womöglich war einer dieser Lappen verwendet worden, um das Opfer zu ersticken. Natürlich hatte Enno den Fund seiner Kollegin ebenfalls bemerkt.

»Geht deine Unterwäsche-Theorie gerade baden?«, fragte er sie mit gedämpfter Stimme.

»Möglicherweise. Es wird sich zeigen, ob einer dieser Lappen die Mordwaffe war, wenn man das so nennen will. Zugegeben, ich hatte mich auf eine Täterin konzentriert. Falls der Täter keinen Damenslip auf Jopps Mund und Nase gepresst hat, sieht die Sache schon anders aus.«

»Dabei wäre so eine Frauen-Unterbüx bei einem Lüstling wie Jopp ein starkes Symbol gewesen«, stellte Enno fest. Die Kollegen von der Spurensicherung hatten das Sudhaus gründlich überprüft, konnten allerdings noch keine heiße Spur vorweisen. Das musste nichts bedeuten, denn viele Hinweise ergaben sich erst durch eine spätere Analyse im Labor. Die Inselkommissare chauffierten die Kriminaltechniker und den Gutachter zu einer Pension, wo Oltbeck Zimmer reserviert hatte. Die Spezialisten sollten mit der ersten Morgenfähre zum Festland zurückkehren.

Kapitel 11

Mona lag hellwach im Bett. Sie fühlte sich so aufgekratzt, als ob sie sich vor dem Einschlafen ein paar Tassen Espresso genehmigt hätte. Das Rätsel um Jopps Tod ließ ihr keine Ruhe. Sie war auf sich selbst sauer, weil sie nicht einschlafen konnte. Am nächsten Tag musste sie fit sein, denn dann würde der Rechtsanwalt zurückkehren, um Chantal beim Verhör das Händchen zu halten.

Die Kommissarin wurde aus der Sekretärin einfach nicht schlau. Chantal wäre nicht die erste Mörderin gewesen, die einen Leichenfund bei der Polizei meldet, um von sich selbst abzulenken. Doch für so eine raffinierte Verbrecherin hielt Mona die junge Frau nicht. Oder spielte Feldmanns Angestellte perfekt ihre Rolle als unbedarfte Geliebte, hatte es aber in Wirklichkeit faustdick hinter den Ohren?

Es war halb zwölf. Mona unterdrückte einen Fluch, schwang die Beine aus dem Bett und zog sich schnell an: Jeans, Turnschuhe, eine warme dunkelblaue Kapuzenjacke. Im September waren die Nächte auf Borkum oft kalt, Windböen kündigten die heraufziehenden Herbststürme an. Die Kommissarin beschloss, sich bei einer längeren Radfahrt richtig auszupowern. Wenn sie eine Stunde lang über die Insel geflitzt war, würde sie hoffentlich müde genug sein und endlich erholsamen Schlaf finden.

Mona fuhr zunächst Richtung Ostland. Borkum wurde von zahlreichen Fuß- und Radwegen durchzogen, doch bei Nacht wirkte das Eiland fremd und für ängstliche Gemüter gewiss auch bedrohlich. Die unbeleuchteten Dünen türmten sich finster links und rechts der Pfade auf, während der Mond und die Sterne besonders tief zu hängen schienen. Das war natürlich nur eine Illusion. Die Kommissarin war schon oft genug nachts auf der Insel unterwegs gewesen, um sich nicht ins Bockshorn jagen zu lassen.

Mona schlug einen weiten Bogen. Sie wollte noch einen Abstecher zur Promenade machen und dann allmählich zu ihrer Wohnung in der Walfangerstrate zurückkehren. Inzwischen machte sich bemerkbar, dass sie mit so hoher Geschwindigkeit fuhr. Auf dem Dünenweg vor ihr ging ein Liebespaar. Der Mann hatte seinen Arm um die Taille der Frau geschlungen, sie lehnte ihren Kopf gegen seine Schulter. Monas Fahrradlampe war eingeschaltet, dennoch betätigte sie beim Überholen sicherheitshalber die Klingel. Sie wollte verhindern, dass das Pärchen ihr durch eine plötzliche Bewegung vor das Vorderrad sprang. Allzu breit war der Weg nämlich nicht.

Während die Kommissarin an den beiden vorbeizischte, drehte die Frau ihr Gesicht in Monas Richtung. Die Ermittlerin hätte beinahe den Lenker verrissen, denn sie erkannte Chantal Willer. Und der Mann an ihrer Seite war nicht ihr Chef und Liebhaber.

Ihn hatte Mona während dieser kurzen Begegnung nicht genau betrachten können. Ob sie selbst erkannt worden war? Das kam ihr nicht sehr wahrscheinlich vor. Es herrschte Dunkelheit, und das Licht ihrer Fahrradlampe war nicht auf ihr eigenes Gesicht gefallen. Die Kommissarin wollte sich auf jeden Fall Gewissheit verschaffen. An der nächsten Weggabelung bog sie ab, schaltete das Licht aus und brachte ihr Gefährt zum Stehen. So lautlos wie möglich zog Mona sich in die Deckung eines niedrigen Dünenkamms zurück, wobei sie ihr Fahrrad mitnahm und neben sich auf den sandigen und mit Gräsern bewachsenen Boden legte. Sie hoffte, dass ihr Orientierungssinn sie nicht im Stich ließ. Natürlich wusste Mona nicht, ob Chantal und ihr Begleiter Richtung Waterdelle gehen wollten. Doch falls sie das planten, mussten sie diesen Pfad nehmen.

Die Kommissarin verlegte sich aufs Lauschen, denn ohne eine künstliche Lichtquelle konnte sie die beiden Menschen nur als verschwommene Schemen wahrnehmen. Immerhin waren ihre Stimmen in der stillen nächtlichen Landschaft deutlich zu vernehmen.

»Wir haben viel zu wenig Zeit für uns, Rico«, sagte Chantal gerade.

»Das ist mir klar. Es war pures Glück, dass Papa heute aufs Festland fliegen musste und Saskia eine Schlaftablette eingeworfen hat.«

Rico ist also Enrico Feldmann, dachte Mona. Man muss nicht Sherlock Holmes sein, um das zu erkennen.

»Ich weiß nicht, wie lange ich das noch durchhalte. Hoffentlich verplappere ich mich nicht.«

»Überlass einfach dem Anwalt das Reden, wenn du morgen vorgeladen wirst. Die Bullen wissen nichts.«

»Rendsburg macht mir Kopfzerbrechen«, sagte Chantal. Sie klang verzagt. Das Paar blieb stehen. Einen Moment lang befürchtete Mona, dass die beiden sie bemerkt hätten. Doch nun erklangen Geräusche, die sich nach intensiven Liebkosungen anhörten. Als die

Kommissarin gleich darauf wieder die Stimme der jungen Frau vernahm, musste Chantal zunächst nach Atem ringen.

»Mit deinen Küssen kannst du meine trüben Gedanken vertreiben, Rico«, gurrte sie.

»Es wird alles gut, du darfst jetzt nur nicht die Nerven verlieren, Süße. – Lass uns weitergehen. Ich will nicht riskieren, dass Saskia aufwacht und mich vermisst.«

»Ich wünschte, du würdest die eingebildete Kuh endlich in den Wind schießen.«

»Hab bitte Geduld, ich kriege die Lage schon unter Kontrolle«, beteuerte Enrico Feldmann. Die beiden änderten ihre Richtung und bewegten sich nun auf besser beleuchtetem Gelände. Sie wollten offenbar zum Ferienhaus an der Waterdelle gehen. Mona folgte ihnen noch eine Zeitlang mit großem Abstand. Die Kommissarin kam ohne den Schutz der Dunkelheit nicht mehr näher an sie heran, ohne selbst bemerkt zu werden. Aus sicherer Entfernung sah sie, wie Chantal und Enrico in das Haus schlichen und die Tür hinter sich schlossen.

Monas zwischenzeitlich aufkommende Müdigkeit war wieder wie weggeblasen. Der kurze Dialog zwischen der Sekretärin und dem jungen Feldmann gab ihr reichlich Stoff zum Nachdenken. Am liebsten hätte sie sofort Enno angerufen, doch sie beherrschte sich. Es war sinnlos, dem Oberkommissar seinen Schlaf rauben zu wollen. Es reichte völlig aus, wenn Mona ihm bei Dienstbeginn von der nächtlichen Begegnung berichtete. Sie brachte unter einer Laterne ihr Fahrrad zum Stehen und zog ihren Notizblock hervor. Die Kommissarin hatte die Angewohnheit, ständig Papier und einen Stift bei sich zu tragen. Sie schrieb schnell nieder, was sie belauscht hatte. Noch war ihre Erinnerung frisch. Nach Monas Erfahrung konnten die winzigsten Details dazu beitragen, einen Kriminalfall aufzuklären. Nachdem sie einige Sätze zu Papier gebracht hatte, kehrte sie zu ihrer Wohnung zurück. Und zu ihrem eigenen Erstaunen fand sie einige Zeit später tatsächlich in den Schlaf.

***

Als Enno am nächsten Morgen das Büro betrat, saß Mona schon an ihrem Schreibtisch. Er warf ihr einen erstaunten Blick zu.

»Moin, bist du aus dem Bett gefallen? Normalerweise komme ich doch immer als Erster zum Dienst.«

»Veränderungen gehören zum Leben«, erwiderte die Kommissarin augenzwinkernd. »Du wirst nicht glauben, was mir in der vergangenen Nacht passiert ist.«

Der massige Ostfriese nahm auf seinem Bürostuhl Platz, während Mona von ihrer Begegnung mit Chantal und Feldmann junior berichtete. Enno pfiff durch die Zähne und sagte: »Soso, die junge Dame fährt also zweigleisig! Dadurch wird natürlich auch Jopps Behauptung, dass er Feldmann in der Hand hätte, doppeldeutig.«

Mona schnippte mit den Fingern.

»So ist es, mein Lieber! Er hat ja gegenüber Klott nicht durchblicken lassen, ob seine Worte sich auf Gunter oder Enrico Feldmann beziehen. Wenn Jopp irgendwie herausbekommen hat, dass Chantal ihren älteren Liebhaber mit dessen Sohn betrügt, konnte er das junge Paar natürlich hervorragend erpressen.«

Enno nickte und senkte den Blick auf seine Notizen.

»Dadurch wird der Kreis von Verdächtigen noch größer. Bisher hatten wir Enrico Feldmann nicht ernsthaft auf dem Radar, weil sich kein Mordmotiv erkennen ließ. Jetzt sieht die Sache schon ganz anders aus. Jopp könnte von Enrico Feldmann Schweigegeld gefordert haben. Womöglich glaubte er sogar, sich gegenüber Chantal Frechheiten herausnehmen zu können. Der Braumeister baute darauf, dass Enrico es nicht wagen würde, die Hand gegen ihn zu erheben. Doch mit dieser Annahme könnte er sich verrechnet haben. Wenn Feldmann junior wirklich in die Sekretärin verliebt ist, konnte er die Belästigung durch Jopp nicht ertragen. Er sah rot und erstickte den Sexstrolch, wodurch sich gleichzeitig auch die Erpressungen erledigt hatten.«

»Ja, wir sollten Enrico Feldmann im Auge behalten«, sagte Mona. »Für mich steht fest, dass er und die Sekretärin ein Geheimnis miteinander teilen. Und dann spielt auch noch die Stadt Rendsburg eine Rolle, wegen der Chantal sich Sorgen macht.«

»Was kann das zu bedeuten haben?«, dachte der Oberkommissar laut nach.

»Ich habe nicht die geringste Ahnung!«, gestand seine Kollegin. »Ich habe schon seit dem Aufwachen versucht, das Rätsel zu lösen. Kein Mitglied der Familie stammt aus Rendsburg, hat auch niemals dort gewohnt. Das habe ich schon herausgefunden. Übrigens war

Feldmanns verstorbene Ehefrau Italienerin. Sie wollte gewiss, dass ihr Sohn auf den Namen Enrico getauft wird.«

»Der junge Mann erinnert tatsächlich an das Klischeebild eines Latin Lovers, aber mit Rendsburg hat die Herkunft seiner Mutter nun überhaupt nichts zu tun«, meinte Enno. Er fügte hinzu: »Eigentlich halte ich nicht viel vom ›Kommissar Zufall‹ bei der Polizeiarbeit, aber ohne deine nächtliche Radtour würden wir nichts von Chantals zweiter Affäre wissen.«

»Wie man es nimmt«, schränkte Mona ein. »Ich muss Tomaten auf den Augen gehabt haben. Als wir in dem Sudhaus die Leiche betrachtet haben, verhielt sich Enrico gegenüber Chantal geradezu herausfordernd unhöflich und herablassend. Sein Vater hat ihn deshalb zurechtgewiesen, erinnerst du dich?«

»Vermutlich behandelt er die Sekretärin in der Öffentlichkeit immer so mies, damit sein Vater und seine Ehefrau nicht auf die Idee kommen, dass Chantal ihm gefallen könnte«, mutmaßte der Ostfriese. »Es stimmt, mit etwas Um-die-Ecke-Denken hätte uns das auffallen müssen. Aber es ist ja zum Glück nicht zu spät.«

»Haben Chantal und Enrico Jopp gemeinsam getötet?«, rätselte die Kommissarin. Ihr Kollege schüttelte langsam seinen mächtigen Schädel.

»Diese Variante finde ich unwahrscheinlich – vor allem, weil der junge Mann tatsächlich Gefühle für die Sekretärin zu haben scheint. Dass Enrico die Tat begeht, lasse ich mir ja noch gefallen. Aber warum lässt er dann seine Freundin bei der Polizei anrufen und zieht sie dadurch mit hinein? Er hätte ja auch behaupten können, die Leiche selbst gefunden zu haben. Dann wäre Chantal komplett aus der Schusslinie gewesen.«

»Du hast recht, das passt nicht zusammen«, erwiderte die Ermittlerin. »Und auch, wenn Chantal die Tat begangen hat, könnte Enrico sie entlasten, indem er Alarm schlägt.«

»Weißt du, was übrigens auch noch gegen die beiden als Mörderpärchen spricht?«, fragte Enno.

»Du wirst es mir hoffentlich gleich verraten, mein Bester.«

»Die offene Notausgangstür!«, betonte Enno. »Das ergibt keinen Sinn. Chantal hatte einen Schlüssel zum Brauhaus, und Enrico als Juniorchef garantiert ebenfalls. Warum hätten sie durch den Notausgang entwischen sollen? Zu der Zeit, als Jopp starb, war die Bierverkostung schon vorbei. Es gab keine lästigen Zeugen im

Gastraum oder sonst irgendwo im Gebäude. Warum hätten die zwei den Notausgang öffnen sollen? Jopps Tod wurde als Unfall eines Betrunkenen inszeniert. Es gab keine Notwendigkeit, eine Außentür zu öffnen. Jedenfalls nicht, wenn wir Chantal und Enrico verdächtigen.«

Die Kommissarin malte Kringel in ihr Notizbuch, das half ihr manchmal beim Nachdenken.

»Also hat Chantal doch die Wahrheit gesagt, was die Suche nach ihrer Handtasche anging, Enno? Tut mir leid, aber mir kam das von Anfang an wie eine faule Ausrede vor. Es ist ja möglich, dass die Sekretärin und Feldmann junior mit Jopps Tod gar nichts zu schaffen hatten. Trotzdem, die beiden wollen etwas vor uns verbergen. Enrico hat wörtlich gesagt: ›Die Bullen wissen nichts.‹«

Der Oberkommissar lachte und erwiderte: »Was glaubst du, wie oft ich diesen Satz während meines Berufslebens schon in der einen oder anderen Form gehört habe! Es ist immer von Vorteil für uns, wenn ein Krimineller sich überlegen fühlt und glaubt, uns für dumm verkaufen zu können. Dadurch wird uns letztlich die Arbeit erleichtert.«

Ennos Zuversicht kannte wieder einmal keine Grenzen, wie seine Kollegin fand. Sie musste allerdings zugeben, dass er sich selten irrte. Wenn der Oberkommissar der Meinung war, dass ein Gesetzesbrecher sich überführen ließ, dann gelang das meistens auch.

»Ich kann es jedenfalls kaum abwarten, bis Chantal unserer Vorladung folgt«, sagte Mona. Und sie fügte in Gedanken hinzu: Hoffentlich geht diesmal nichts schief.

Kapitel 12

»Meine zufällige Lauschaktion zu nächtlicher Stunde hat uns leider keine gerichtsfesten Beweise in die Hand gespielt«, stellte die Kommissarin fest. »Wie auch immer, solche Affären verlaufen selten so diskret, dass niemand etwas davon mitbekommt.«

»Sprichst du aus Erfahrung?«, fragte Enno schmunzelnd.

Mona streckte ihm die Zunge heraus. Dann sagte sie: »Nein, ernsthaft: Wir haben genug Zeit bis zu Chantals Verhör. Lass uns noch einmal das Brauerei-Personal aushorchen.«

Der Oberkommissar war einverstanden. Sie fuhren wieder zum Jakob-van-Dyken-Weg. Während Mona beim letzten Mal allein mit dem Restaurantleiter Meeno Bischof gesprochen hatte, trat sie diesmal mit ihrem Kollegen im Doppelpack auf. Sie hatte die Erfahrung gemacht, dass allein schon der Anblick von Ennos großer, wuchtiger Gestalt die Zungen mancher Zeugen löste. Und ihre Beharrlichkeit hatte sich ja schon bei Bischofs erster Befragung ausgezahlt. Er war allerdings nicht sehr begeistert davon, die Ermittlerin wiederzusehen.

»Ich habe überhaupt keine Zeit für Sie«, behauptete er. »Der Seniorchef ist aufs Festland geflogen, um mit einem neuen Braumeister zurückzukehren. Wir haben heute schon jede Menge Reservierungen, sogar für das Mittagsgeschäft. Hier brennt wirklich der Baum!«

Mona musste sich nicht fragen, worauf der große Ansturm auf das Brauhaus zurückzuführen war. Zwar hatte Oltbeck nur eine Drei-Zeilen-Pressemitteilung über Jopps Tod an die Medien herausgegeben, aber die Gerüchteküche ließ sich dadurch nicht unterdrücken. Es gab genügend Neugierige, die am Ort eines mutmaßlichen Verbrechens ein Bier trinken und dabei einen wohligen Schauer fühlen wollten.

»Unterstützt Enrico Feldmann Sie denn gar nicht bei der Arbeit?«, fragte Enno betont unschuldig. »Der Seniorchef ist ja gerade nicht hier, aber der Junior müsste doch nach wie vor auf Borkum sein.«

Bischof schnaubte verächtlich. Für Mona stand fest, dass er von dem jüngeren Feldmann nicht viel hielt. Es fragte sich nur, aus welchem Grund.

»Was wissen Sie über das Verhältnis zwischen Enrico Feldmann und Chantal Willer?«, fragte sie direkt. Bischofs Reaktion bewies ihr, dass sie den Nagel auf den Kopf getroffen hatte. Der Restaurantleiter wand sich wie ein Aal. Er schaute an Ennos breiten Schultern vorbei, als ob er nach einem Ausweg suchte. Die Kommissarin konnte sich vorstellen, dass er am liebsten weggelaufen wäre. Doch sie wollte ihn nicht gehen lassen, bevor eine brauchbare Aussage von ihm vorlag.

»Das sind Privatangelegenheiten«, begann Bischof. Aber so eine Ausrede ließ Mona nicht gelten. Sie stellte sich so dicht vor ihn, dass ihre Nasen sich beinahe berührten.

»Jopp ist auf gewaltsame Weise ums Leben gekommen, Herr Bischof! Auch wenn Sie ihn nicht gemocht haben, war er trotzdem Ihr Kollege. Wer immer diese Tat begangen hat, wird dafür bezahlen. Und wenn Sie unsere Ermittlungen behindern, sitzen Sie ebenfalls ganz gewaltig in der Tinte!«

»Das habe ich nicht vor«, behauptete der Zeuge kleinlaut. »Und ich habe die beiden auch nur ein einziges Mal gesehen, vielleicht ist es ja dabei geblieben …«

»Geht es auch etwas genauer?«, forderte Mona.

Der Restaurantleiter atmete tief durch und sagte: »Es war vor drei Tagen, als ich mich nach dem Mittagsgeschäft noch etwas hinlegen wollte. Da bemerkte ich, dass die Sekretärin und der Juniorchef sich im Sudhaus küssten. Sie waren so vertieft, dass sie mich nicht bemerkten. Also zog ich mich wieder zurück.«

»Und Sie wissen genau, dass es sich bei dem Mann nicht um den Vater handelte?«, fragte Enno. Bischof schüttelte heftig den Kopf.

»Nein, auf keinen Fall. Ich kann die beiden Chefs klar voneinander unterscheiden, das sollten Sie mir glauben.«

»Das tun wir auch«, erwiderte Mona. »Halten Sie es für denkbar, dass die beiden sich öfter im Sudhaus getroffen haben? Bestand dort nicht ständig die Gefahr, entdeckt zu werden?«

»Nur, wenn aktuell gerade Bier gebraut wird«, erklärte der Restaurantleiter. »Und zumindest Enrico Feldmann sollte diese Zeiten im Kopf haben, die Brauerei gehört schließlich seinem Vater. Sie wollten ja wissen, weshalb Enrico Feldmann mich bei der Arbeit nicht unterstützt. Das kann ich Ihnen genau sagen: Das Bürschchen ist stinkfaul. Er schwingt zwar gern große Reden und kommt sich wichtig vor, aber ohne seinen Vater wäre er nur ein armes Würstchen.«

»Wir benötigen Ihre schriftliche Aussage«, stellte die Kommissarin klar.

»Ich will keinen Ärger«, jammerte Bischof.

»Sie bekommen einen Haufen Scherereien, wenn Sie nicht kooperativ sind«, drohte Mona. Bischof erklärte sich seufzend bereit, dieser Aufforderung später nachzukommen. Die Inselkommissare versuchten noch bei einigen anderen Mitarbeitern ihr Glück, doch außer Bischof wollte niemand etwas von der Liebelei bemerkt haben. Die Zeugen kamen Mona glaubhaft vor. Enrico Feldmann und seine Flamme waren gewiss vorsichtig gewesen und schäkerten nur, wenn sie sich sicher fühlen konnten.

»Mit Bischofs Aussage in der Hinterhand fühle ich mich schon viel wohler«, gestand Enno, als sie zur Polizeistation zurückkehrten.

»Das geht mir genauso«, erwiderte seine Kollegin. »Womöglich hättest du meine Begegnung mit den beiden nur für einen Traum gehalten. Nun bin ich wenigstens nicht mehr die Einzige, die Chantal und Enrico in trauter Zweisamkeit gesehen hat.«

Monas innere Anspannung stieg. Sie hatte nachts gehört, dass Chantal vor der Befragung eindeutig Angst hatte. Wenn die Sekretärin nun versuchte, sich dem Verhör zu entziehen? Oder wenn etwas anderes dazwischenkam? Doch die Bedenken der Kommissarin erwiesen sich als unbegründet.

Die Sekretärin und ihr juristischer Beistand trafen pünktlich auf der Dienststelle ein. Offenbar war es gelungen, Dr. Lothar Kluge am Vortag rechtzeitig über den Termin zu informieren. Die beiden wurden von Polizeimeisterin Britt Mölders in Empfang genommen und zum Verhörraum gebracht.

Die Geliebte von Feldmann senior und junior hatte sich wieder betont zurückhaltend gekleidet. In ihrem dunklen Hosenanzug und der schwarzen Bluse sah Chantal Willer so aus, als ob sie auf eine Beerdigung gehen wollte. Auch das Make-up war viel dezenter als bei ihrem ersten Zusammentreffen im Sudhaus. Der Jurist sah genauso aus wie bei ihrer ersten Begegnung. Er öffnete den Mund, sobald Mona und Enno hereinkamen.

»Ich möchte wissen, was Sie meiner Mandantin konkret vorwerfen. Frau Willer hat bisher bereitwillig ihre Aussagen zum Tod von Okko Jopp gemacht und wurde selbst Opfer einer Entführung.«

»Das wissen wir, denn sie wurde durch uns befreit«, gab Mona patzig zurück. Bevor sie sich um Kopf und Kragen reden konnte, fiel Enno ihr ins Wort.

»Wir befragen Frau Willer heute nicht als Beschuldigte, sondern als Zeugin«, stellte er freundlich klar. »Und wir wissen ihre Kooperationsbereitschaft zu schätzen. Immerhin war Ihre Mandantin es, die den Leichnam gefunden hat. Daher ist ihre Aussage für uns von größter Wichtigkeit.«

Ennos Erklärungen schienen dem Anwalt zu gefallen, soweit Mona das beurteilen konnte. Dr. Kluge zeigte nämlich kein übertriebenes Mienenspiel. Es war nicht leicht, seinen Gesichtsausdruck richtig zu deuten.

Die Kommissarin wusste, dass sie sich mit ihren Temperaments-ausbrüchen oft selbst ein Bein stellte. Sie und ihr Kollege hatten jetzt genug Ansatzpunkte, um der Sekretärin die Wahrheit zu entlocken. Wenn Mona diese Befragung vermurkste, würde sie sich das niemals verzeihen. Daher hielt sie sich momentan lieber zurück und überließ es zunächst Enno, die Fragen zu stellen.

Der erfahrene Oberkommissar begann: »Frau Willer, war noch jemand bei Ihnen, als Sie das Sudhaus der Brauerei betraten?«

Chantal antwortete nicht sofort, sondern schaute ihren Rechtsanwalt hilfesuchend an. Dr. Kluge machte eine ermutigende Geste.

»Nein, ich war allein«, sagte sie zögernd. »Ich bin ja nur dorthin gegangen, um meine Handtasche zu suchen.«

»Konnten Sie die Tasche finden?«, hakte Enno nach.

»Nein, sie war in meinem Zimmer. Ich muss sie übersehen haben.« Diese Aussage hatten die Inselkommissare schon am Vortag gehört.

»Wir wissen inzwischen, dass der Braumeister Okko Jopp nicht durch einen Unfall mit Kohlendioxid ums Leben kam, sondern ermordet wurde«, erklärte der Ostfriese. »Laut dem Obduktionsbefund hat man ihn mit einem blauen Baumwollstoff erstickt. Fällt Ihnen jemand ein, dem Sie diese Tat zutrauen würden?«

Mona beobachtete Chantal ganz genau, während Enno sprach. Sie wirkte überrascht, doch das konnte gespielt sein. Die junge Frau hatte ja genügend Zeit gehabt, um sich auf dieses Verhör vorzubereiten.

Chantal wurde blass, ihre auf der Tischplatte gefalteten Hände begannen leicht zu zittern.

»Ich weiß nicht … ich sagte Ihnen ja bereits, dass ich Herrn Jopp kaum kannte«, murmelte die junge Frau.

»Der Braumeister stand im Ruf, junge Damen zu belästigen«, stellte Enno fest. »Und da bei der Bierverkostung am Abend vor der Tat reichlich Alkohol konsumiert wurde, hatte er sich womöglich nicht mehr unter Kontrolle.«

»Mir hat Herr Jopp sich nicht genähert«, beharrte Chantal. »Ich war den ganzen Abend lang in der Nähe von Herrn Feldmann.«

Der Oberkommissar öffnete die Mappe, die er bei sich hatte. Er breitete einige Fotos vor Dr. Kluge und dessen Mandantin aus.

»Es fällt uns schwer, diese Aussage zu glauben«, sagte Enno. »Dieser Bilder wurden zu unterschiedlichen Uhrzeiten während der Bierverkostung aufgenommen. Man sieht Herrn Feldmann immer mit anderen Personen, aber Sie sind niemals an seiner Seite. Wie erklären Sie sich das?«

Der Anwalt runzelte die Stirn und erwiderte: »Diese Aufnahmen beweisen überhaupt nichts. Nur, weil Frau Willer eventuell für ein paar Minuten an einer anderen Stelle des Raumes war, müssen ihre Angaben nicht falsch sein.«

Nun schaltete Mona sich ein.

»Könnte Ihre Abwesenheit mit dem Sohn Ihres Chefs zu tun haben? Ich spreche von dem Mann, mit dem Sie eine Liebesaffäre haben.«

Chantal starrte die Kriminalistin an, als ob sie einen Geist sehen würde. Die Sekretärin hatte offensichtlich nicht damit gerechnet, dass ihr Verhältnis zu Enrico Feldmann herauskommen würde.

»Das stimmt nicht!«, behauptete Chantal. Doch es klang, als ob noch nicht einmal sie selbst an ihre Worte glaubte.

»Mir ist nicht klar, was das Privatleben meiner Mandantin mit Okko Jopps Tod zu tun haben soll«, grollte der Rechtsanwalt.

»Vielleicht gibt es wirklich keinen Zusammenhang«, sagte Enno. »Es wäre aber möglich, dass Frau Willer und Herr Feldmann junior von Okko Jopp aufgrund dieser Liebesgeschichte erpresst wurden. Wir werden bei der Staatsanwaltschaft Kontoeinsicht beantragen …«

»Das ist nicht nötig!« Chantal klang nun beinahe panisch. »Ja, ich gebe zu, dass Jopp uns erpresst hat. Aber Enrico und ich haben ihn nicht umgebracht!«

»Frau Willer …«, begann der Jurist. Er zog die Augenbrauen zusammen. Offenbar gefiel ihm der Gefühlsausbruch seiner Mandantin überhaupt nicht. Doch die Sekretärin ließ ihn nicht zu Wort kommen.

»Mein Freund und ich haben nichts Verbotenes getan«, beteuerte sie. »Enricos Vater hat ebenfalls Gefühle für mich. Deshalb haben wir unsere Beziehung geheim gehalten, um ihn nicht zu verletzen.«

»Herr Feldmann empfindet also etwas für Sie?«, vergewisserte Mona sich. »Das klingt, als ob Sie seine Avancen nicht erwidern würden.«

»Wie meinen Sie das, Frau Sander?«

»Ganz einfach: Sie und Gunter Feldmann sind ein Paar. Da liegt es doch auf der Hand, dass Sie Ihrem Liebhaber und Chef gegenüber die Liebelei mit seinem Sohn verheimlichen müssen.«

Chantal erwiderte nichts, sondern senkte den Blick.

»Wollen Sie meiner Mandantin eine Moralpredigt halten?«, höhnte Dr. Kluge. »Dafür ist die Polizei nach meiner Kenntnis nicht zuständig.«

Mona schüttelte den Kopf.

»Das ist nicht meine Absicht. Aber wenn Okko Jopp Frau Willer erpresst hat, dann könnte er auch andere Menschen unter Druck gesetzt haben. Und eine dieser Personen wurde dadurch vielleicht zum Mörder.«

»Sie müssen keine Aussage machen, mit der Sie sich selbst belasten«, teilte der Rechtsanwalt seiner Mandantin mit. Seine Stimme hörte sich eindringlich an.

»Wir haben gezahlt«, gestand die Sekretärin. »Mein Freund und ich hofften, dass dann Ruhe einkehren würde.«

»Erzählen Sie am besten der Reihe nach«, bat Enno.

Chantal atmete einmal tief durch, bevor sie zu sprechen begann: »Drei Tage vor der Bierverkostung kam Jopp zu Enrico und sagte ihm ins Gesicht, dass er über unser Verhältnis im Bilde wäre. Und wenn er das Geheimnis bewahren sollte, müsste er tausend Euro bekommen.«

»Wie reagierte Ihr Freund?«, wollte Mona wissen.

»Enrico versuchte, Jopp zur Vernunft zu bringen. Der Kerl ließ aber nicht mit sich reden. Also gaben wir nach. Enrico hob das Geld ab. Jopp wollte die tausend Euro bei der Bierverkostung erhalten. Er verlangte, dass ich die Banknoten in einen Umschlag schiebe und diesen in meine Handtasche stecke. Die Tasche sollte ich um kurz vor Mitternacht im Sudhaus deponieren. Er wollte sich das Geld dann holen.«

»Haben Sie die Anweisungen befolgt?«

Die Sekretärin bejahte Ennos Frage und fuhr fort: »Ich begab mich mit den Feldmanns zum Ferienhaus. Trotz meines Alkoholpegels und der Aufregung schlief ich ein. Als ich früh am nächsten Morgen aufwachte, wollte ich natürlich meine Handtasche zurückholen. Also ging ich zur Brauerei. Dort fand ich die Tasche. Sie war offen, das Geld fehlte. Und – Jopp lag mit dem Oberkörper im Biertank. Ich zog ihn heraus. Da war er schon tot, das müssen Sie mir glauben!«

Die Kommissarin machte sich Notizen.

»So kann es sich wirklich abgespielt haben«, meinte Mona. »Sie haben uns trotzdem noch nicht die ganze Wahrheit gesagt, Frau Willer. Mein Kollege und ich haben umfangreiches Bild- und Videomaterial von der Bierverkostung ausgewertet. Selbst wenn Sie alle paar Minuten zur Toilette mussten, lässt sich Ihre stundenlange Abwesenheit während der Veranstaltung nicht erklären. Wir möchten wissen, wo Sie gewesen sind. Und wer bei Ihnen war.«

Als die Kriminalistin ausgeredet hatte, wandte sich Chantal an ihren Rechtsbeistand.

»Muss ich diese Frage beantworten?«

»Nein, Frau Willer. Sie sind der Polizei gegenüber schon kooperativ genug gewesen.«

»Wir finden es sowieso heraus«, sagte Mona mit gespielter Lässigkeit. »Die Insel können Sie nicht verlassen haben, dafür ist das Zeitfenster zu klein.«

»Ich möchte jetzt nichts mehr sagen«, murmelte die Sekretärin. »Darf ich bitte gehen?«

»Ja, das steht Ihnen frei«, betonte der Oberkommissar. »Eine letzte Frage habe ich allerdings noch: Wenn Sie und Enrico Feldmann Jopp nicht getötet haben, muss es jemand anders gewesen sein. Haben Sie einen bestimmten Verdacht?«

Chantal nagte an ihrer Unterlippe.

»Ich will niemanden beschuldigen«, sagte sie.

»Wenn sich der Verdacht als unbegründet erweist, werden wir die Person ganz schnell von unserer Liste streichen«, versicherte Enno.

»Also gut, ich habe Rhea einmal im Schankraum sagen hören, dass sie dem Grabscher am liebsten den Hals umdrehen würde. Damit kann nur Okko Jopp gemeint gewesen sein, oder? Ich weiß nicht, ob Ihnen bekannt ist, dass Rhea als Teenager in einer Mädchen-Gang war. Es dürfte also für sie nichts Neues sein, Gewalt anzuwenden.«

Die Kriminalistin blätterte in ihren Aufzeichnungen.

»Sie sprechen von Rhea Drees, oder?«

»Ja, so lautet ihr Nachname«, gab die Sekretärin zurück. Der Rechtsanwalt erhob sich von seinem Stuhl.

»Wir werden jetzt gehen. – Kommen Sie, Frau Willer.«

»Ich möchte auch noch etwas von Ihnen wissen«, sagte Mona zu Chantal. »Wären Sie zu einem freiwilligen DNA-Test bereit? Unter den Fingernägeln des Toten konnte weibliche DNA nachgewiesen werden.«

»Dazu sind Sie nicht verpflichtet«, erklärte Dr. Kluge.

»Ich habe mir nichts zuschulden kommen lassen«, behauptete die junge Frau. »Ich mache den Test gern, wenn ich dann endlich meine Ruhe habe.«

Enno begleitete Chantal und ihren Anwalt nach vorn ins Wachlokal. Dort bat er Grietje, bei der Sekretärin einen Rachenabstrich zu machen und ins kriminaltechnische Labor Oldenburg zu schicken.

Mona schaute Chantal nachdenklich hinterher. Die Kommissarin hätte gern wissen wollen, was es mit Rendsburg auf sich hatte. Doch diese Frage wollte sie sich als Trumpf aufsparen, bis sie beim Fall Jopp besser durchblickte.

Kapitel 13

»Warum verschweigt Chantal, wo sie während der Bierverkostung gewesen ist?«

Mona erwartete keine Antwort von Enno, sie hatte eigentlich nur laut nachgedacht. Er hob die Schultern, als er in ihr gemeinsames Büro zurückkehrte.

»Das weiß ich leider auch nicht, der Hunger beeinträchtigt mein Denkvermögen.«

Sie lachte und erhob sich von ihrem Stuhl.

»Dagegen müssen wir dringend etwas unternehmen. Ich könnte mir jetzt auch etwas Essbares gönnen.«

Die Inselpolizisten verließen die Dienststelle und schlenderten zum *Knurrhahn* in der Franz-Habich-Straße hinüber. In dem traditionellen Fisch-Imbiss verbrachten sie oft ihre Mittagspause. Soeben war ein Zug der Kleinbahn angekommen, die den Fährhafen mit dem eigentlichen Ortskern verband. Zahlreiche Touristen hievten ihre schweren Rollkoffer von den Plattformen der bunten Waggons, die ein beliebtes Fotomotiv für Borkum-Besucher waren. Mona und Enno bahnten sich einen Weg zwischen den Urlaubern und schafften es tatsächlich, noch einen freien Stehtisch im Knurrhahn zu ergattern. Die Kriminalistin bestellte sich wie üblich einen Neptunsalat, während ihr Kollege sich für Seelachsfilet mit Kartoffelsalat entschied. Dazu tranken sie alkoholfreies Bier. Mona betrachtete ihr Glas.

»Ich werde wohl nie wieder ein Helles zischen können, ohne an diesen Fall zu denken, Enno.«

»Ja, das könnte mir auch passieren. – Ich glaube nicht, dass Chantal Jopp getötet hat. Eine Mörderin hätte sich wohl nicht so bereitwillig auf eine DNA-Probe eingelassen.«

Die Ermittler hatten in der hintersten Ecke des Lokals Platz genommen. Sie unterhielten sich leise miteinander, sodass niemand ihr Gespräch mithören konnte.

»Ja, obwohl es auch schon Täter gab, die schlicht kein Vertrauen in die Exaktheit eines genetischen Fingerabdrucks hatten«, erwiderte Mona. »Chantal und Enrico hätten zumindest ein starkes Motiv, Jopp für immer aus dem Weg räumen zu wollen. Ist dir auch aufgefallen, dass tausend Euro eine relativ niedrige Erpressungssumme sind?«

»Jopp wollte die Kuh garantiert nicht schlachten, sondern melken«, vermutete der Oberkommissar. »Er hätte das junge Paar immer weiter auspressen können. Ob Feldmann senior irgendwann gemerkt hätte, dass sein Sohnemann erpresst wird? Nicht, wenn Enrico das Schweigegeld aus eigener Tasche löhnt.«

»Apropos: Ob Gunter Feldmann weiß, womit seine Sekretärin und Bettgenossin während der Bierverkostung beschäftigt war?«, rätselte Mona.

»Dafür würde ich meine Hand ins Feuer legen, aber Feldmann wird es uns nicht unter die Nase reiben«, erwiderte Enno. »Es ist erfolgversprechender, wenn wir neutrale Zeugen aufzutreiben versuchen.«

Die Kommissarin legte ein Foto auf die Tischplatte.

»Hier, dieses Bild von Chantal Willer war auf der Homepage der Borkum Brauerei zu finden«, erklärte sie. »Ich habe es mir gleich heruntergeladen, damit wir es den Taxifahrern vorlegen können.«

»Wie kommst du darauf, dass einer von ihnen sie gefahren haben könnte, Mona?«

»Es gibt nur wenige Aufnahmen von Chantal, die sie bei der Bierverkostung zeigen. Auf allen diesen Schnappschüssen trägt sie Pumps mit schwindelerregend hohen Absätzen. Ich kann dir aus eigener Erfahrung sagen, dass man mit solchen Schuhen miserabel läuft. Also wird sie sich möglichst wenig zu Fuß bewegt haben. Und ich glaube nicht, dass Chantal auf ein Auto Zugriff hat. Als sie entführt wurde, war sie ja mit dem Fahrrad unterwegs.«

Es entstand eine kurze Pause, weil die Ermittler sich nun ihr Essen von der Theke holen konnten. Danach sagte Enno: »Die Sekretärin war laut eigener Aussage bei der Veranstaltung nicht mehr ganz nüchtern. Es dauert ja nicht lange, alle Borkumer Taxifahrer zu überprüfen. Falls sich keiner an sie erinnert, können wir immer noch andere Möglichkeiten prüfen.«

Doch zunächst ließen die Inselkommissare sich ihren Fisch schmecken. Für Mona stand fest, dass sie und Enno die Ereignisse während der Bierverkostung minutiös zurückverfolgen mussten. Sie fragte sich, ob nicht auch Enrico Feldmann als Täter infrage käme. Falls Chantal nicht gelogen hatte, war er zur Zahlung des Schweigegeldes bereit gewesen. Doch vielleicht hatte er seine Meinung geändert. Ihm wurde vielleicht bewusst, dass er ein Fass ohne Boden aufgemacht hatte. Außerdem wirkte ein Mensch wie

Okko Jopp nicht gerade vertrauenerweckend. Das hatte Feldmann junior womöglich genauso gesehen. Es war sicherer, einen Erpresser für immer zum Schweigen zu bringen.

Frisch gestärkt begaben sich die beiden zum nahe gelegenen Inselbahnhof, wo die Fahrer von zwei Taxis auf Kundschaft warteten. Enno steuerte auf einen von ihnen zu.

»Moin, Fiete.«

»Moin, Enno. Na, wieder mal auf Verbrecherjagd?«

»Das Auge des Gesetzes sieht alles«, scherzte der Oberkommissar. »Manchmal brauchen wir aber auch Unterstützung. Kennst du die Frau auf dem Foto?«

Er stellte die Frage, während Mona Fiete das Bild unter die Nase hielt. Der Taxifahrer beugte sich ein wenig hinab und kniff die Augen in seinem wettergegerbten Gesicht zusammen.

»Ja, so einen Fahrgast vergisst man nicht so schnell«, behauptete er mit einem breiten Grinsen. »Ich habe sie vor der Borkum Brauerei aufgelesen, als dort diese Sause lief. Eine Bierverkostung oder wie sich das nannte.«

Bingo!, dachte die Kriminalistin. Sie fragte: »Wohin hast du die Dame kutschiert?«

»Zum *Hotel Teutonia*, Mona. Sie musste erst in ihr Smartphone schauen, als ich sie nach dem Fahrtziel fragte.«

Ob Chantal eine Textnachricht bekommen hatte, in der ihr die Adresse mitgeteilt wurde? Darüber konnte die Kommissarin sich auch später noch den Kopf zerbrechen.

»Hast du den Fahrgast danach noch einmal gesehen?«, wollte Enno wissen.

»Und ob!«, antwortete Fiete. »Als ich die Blonde beim Hotel absetzte, bat sie mich um meine Visitenkarte. Sie wollte später noch einmal gefahren werden, also brauchte sie meine Handynummer. Es kam dann wirklich noch ein Anruf, als ich schon fast Feierabend machen wollte.«

»Wie spät war es?«, hakte der Oberkommissar nach.

»Ungefähr halb zwölf. Sie wartete vor dem Hotel und ließ sich zur Brauerei zurückfahren. Das ist ja nun wirklich nicht so weit, zum Glück gab sie mir ein gutes Trinkgeld.«

»Kam die Frau dir nach dem Aufenthalt im Hotel verändert vor?«, forschte Mona. Der Taxifahrer kratzte sich im Nacken.

»Das ist schwer zu sagen. Auf der Rückfahrt war sie sehr einsilbig, vielleicht ist sie auch nur müde gewesen. Als ich sie zum Hotel brachte, redeten wir ein paar Sätze. Sie erzählte, wie toll die Brauerei für Borkum wäre und dass sie dort arbeiten würde.«

»Und wie denkst du darüber?«, wollte Enno wissen. Fiete breitete die Arme aus.

»Was soll ich sagen? Viele Kneipenwirte sehen schwarz, das werdet ihr auch schon mitbekommen haben. Wenn Feldmann mit seinen Plänen ernst macht, überleben viele Lokale nicht. Und das ist natürlich auch für uns Taxilenker schlecht, und eigentlich für die ganze Insel.«

»Um welche Uhrzeit hast du eigentlich die Frau zum Hotel gefahren?«, fragte die Kommissarin.

»Das muss so gegen zwanzig Uhr gewesen sein.«

Die Inselkommissare bedankten sich bei Fiete und wünschten ihm noch einen schönen Tag. Wie viele andere Borkumer ging er mehr als nur einem Job nach, um sich finanziell über Wasser zu halten. In der Hauptsaison saß er öfter in seinem Taxi, außerdem gehörte ihm noch ein Fahrradverleih sowie eine kleine Andenkenbude, die er zusammen mit seiner Frau betrieb.

Es lohnte sich nicht, für die kurze Strecke zum Hotel Teutonia den Dienstwagen zu nehmen. Mona und Enno gingen durch die Bismarckstraße, wo die Menschen auf den Terrassen des *Pferdestalls*, der *Black Pearl*, des *Lord Nelson* und der anderen Lokale das schöne Wetter genossen.

»Nun kommen wir der Sache schon näher«, meinte der Oberkommissar. »Ich bin gespannt, wen Chantal getroffen hat.«

»Enrico kann es jedenfalls nicht gewesen sein«, stellte seine Kollegin fest. »Der Juniorchef ist auf den meisten Fotos von der Bierverkostung zu sehen, was man von seiner Freundin nicht behaupten kann.«

Das Hotel Teutonia gehörte zu den Beherbergungsbetrieben, die oberhalb der Promenade mit einem herrlichen Panoramablick auf den Hauptbadestrand die Gäste anlockten. Die Inselkommissare betraten das große weiße Gebäude, das sich seit der Kaiserzeit im Familienbesitz befand.

»Da können wir uns ja gleich den Richtigen zur Brust nehmen«, raunte Enno der Kommissarin zu. Sie nickte. Auch Mona hatte Dirk Cordsen bemerkt, der an der Rezeption auf einen Mitarbeiter einredete. Der große Mann mit den blonden Naturlocken war der momentane Besitzer des Teutonia. Er hatte das Hotel von seinem Vater geerbt.

Cordsen wurde sofort hektisch, als er die Polizisten bemerkte.

»Ihr habt mir gerade noch gefehlt«, gab er stöhnend von sich, während er auf die Ermittler zutrat. Enno grinste breit.

»Bist du schon wieder im Stress, Dirk? Das ist höchst ungesund.«

»Was du nicht sagst!«, erwiderte Cordsen und fuhr sich durchs Haar. »Du musst dich ja auch nicht mit Fehlbuchungen und schwierigen Gästen herumschlagen. Ach, Beamter müsste man sein.«

»Du bist uns sofort wieder los«, versicherte Mona und präsentierte das Foto von Chantal. »Wir müssen nur erfahren, welcher Gast von dieser Frau besucht wurde.«

Cordsen runzelte die Stirn, während er das Bild betrachtete.

»Ist das eine Professionelle? Ich schwöre, dass ich damit nichts zu tun habe. Für solche Aktivitäten gebe ich mein Haus nicht her.«

»Nicht jede attraktive Frau geht auf den Strich«, stellte die Kommissarin trocken fest. »Also, mit wem hat sie sich getroffen? Es geht um eine Mordermittlung, du stellst dich also besser nicht stur.«

Der Hotelier sah so aus, als ob er einen Seufzer unterdrücken würde. Er eilte zurück zur Rezeptionstheke, wobei er das Foto mitnahm und dem Angestellten zeigte. Dieser nickte. Daraufhin winkte Cordsen die Inselkommissare zu sich heran.

»Die Dame fragte nach Ulf Brunner«, sagte der Mitarbeiter. »Ich verriet ihr seine Zimmernummer. Sie ging zu ihm und verließ das Hotel noch vor Mitternacht wieder.«

»Wohnt der Gast noch hier?«, wollte Enno wissen.

»Ja, er ist hinunter zur Promenade gegangen. Sie werden ihn erkennen. Herr Brunner hat eine Glatze und trägt ein knallrotes Polohemd.«

Die Ermittler bedankten sich für die Auskunft und stiegen über eine der breiten Steintreppen von der Jann-Berghaus-Straße hinunter zur Promenade. Mona blieb für einen Moment stehen und schaute sich um. Auf dem breiten Gehweg mit den vielen Ruhebänken flanierten meist zahlreiche Urlauber. Wenn in der Musikkuppel ein Solist oder eine Band auftrat, war natürlich besonders viel los.

»Gehen wir Richtung Großes Kaap?«, fragte Enno. Seine Kollegin war einverstanden. Allzu lange mussten sie sich nicht zwischen den vielen anderen Passanten vorwärts bewegen. Mona liebte eigentlich die Atmosphäre der Strandpromenade, aber momentan war sie nicht zu ihrem Vergnügen hier. Sie ließ ihre Blicke über die ihr entgegenkommenden Menschen schweifen. Schon nach wenigen Minuten stieß sie Enno an.

»Schau mal, ganz rechts auf der Terrasse von *Ria's Beach*.«

Der Ostfriese drehte den Kopf. Nun sah auch er den massigen Mann, der es sich an einem der kleinen Tische bequem gemacht hatte. Der runde Kahlkopf war ebenso wenig zu übersehen wie das über dem Bauch mächtig spannende rote Polohemd. Der Gesuchte hatte einen großen bunten Cocktail vor sich. Offenbar ging er der beliebten Beschäftigung nach, auf der Promenade die anderen Feriengäste zu beobachten.

»Herr Brunner?«

Der Mann blickte auf, als Mona ihn ansprach. Sie und Enno waren auf ihn zugetreten. Allerdings würdigte der Glatzkopf den Ostfriesen nur eines flüchtigen Blickes. Er konzentrierte sich ganz auf die Ermittlerin, taxierte ihre Figur. Seine wulstigen Lippen verzogen sich zu einem breiten Grinsen.

»Ja, ich bin Ulf Brunner – in voller Lebensgröße! Ich wüsste nicht, dass wir uns schon einmal begegnet sind, Frau …«

Mona fiel ihm ins Wort, während sie ihren Dienstausweis präsentierte.

»Ich bin Kommissarin Sander, das ist Oberkommissar Moll. Wir sind von der Borkumer Polizei und haben einige Fragen an Sie.«

Der Kahle deutete mit einer einladenden Geste auf die freien Stühle an seinem Tisch.

»Für schöne Frauen habe ich doch immer Zeit«, scherzte er. »Nehmen Sie doch bitte Platz. Ich bin mir eigentlich keiner Schuld bewusst. Obwohl – von Ihnen würde ich mich gern verhaften lassen.«

»Wir befragen Sie nicht als Verdächtigen, sondern als Zeugen«, stellte Mona klar. »Es geht um die Aufklärung eines Tötungsdelikts.«

»Wie bitte?!«, stieß Brunner keuchend hervor. Schlagartig verging ihm seine schleimige Anbaggerei, die er selbst für heißes Flirten hielt. Das vermutete zumindest die Kommissarin. Ihrer Meinung nach gehörte der Polohemd-Fan zu den Männern, die sich für unwiderstehlich hielten und sich einfach nicht vorstellen konnten, dass eine Frau nicht interessiert war.

»Sie haben richtig gehört«, sagte Enno. »Wir arbeiten mit Hochdruck daran, den Schuldigen vor Gericht zu bringen. Und wer ihn deckt, muss mit einer Strafanzeige wegen Mittäterschaft rechnen.«

Entgegen seiner gewohnten entgegenkommenden Art war der Oberkommissar in diesem Moment bemerkenswert ernst. Er schaute Brunner so finster an, als ob der Glatzkopf den Mörder hinter seinem breiten Rücken verstecken würde. Der Kerl sollte kapieren, dass die Inselkommissare ihn nicht zum Vergnügen aufsuchten. Als Brunner wieder den Mund öffnete, war er ziemlich kleinlaut.

»Ich würde niemals einem Verbrecher helfen«, beteuerte er. »Offen gestanden weiß ich gar nicht, worum es geht.«

»Beantworten Sie einfach unsere Fragen«, forderte Mona mit kalt klingender Stimme. »Kennen Sie diese Frau?«

Sie legte das Foto der blonden Sekretärin auf den Tisch. Brunner betrachtete es kurz, dann nickte er heftig.

»Ja, sie heißt Chantal Willer und ist die Assistentin des Brauereibesitzers Gunter Feldmann.«

»Sie kennen Frau Willer also?«, vergewisserte der Oberkommissar sich.

»So ist es, Herr Moll.«

»In welcher Beziehung stehen Sie zu ihr?«

»Ich habe beruflich mit ihr zu tun.«

»Wollen Sie uns für dumm verkaufen?«, fauchte Mona. »Wir wissen, dass Chantal Willer am dritten September von zwanzig bis dreiundzwanzig Uhr dreißig in Ihrem Hotelzimmer war. Fotos belegen, dass sie an dem fraglichen Tag sehr figurbetont gekleidet war. Sie müssen uns schon eine glaubwürdigere Geschichte auftischen.«

Brunner wich dem Blick der Kommissarin aus. Entweder war seine zuvor so demonstrativ gezeigte Selbstsicherheit nur gespielt gewesen oder seine Angst vor Ärger mit der Polizei hatte ihn einknicken lassen. Wahrscheinlich kamen beide Faktoren zusammen.

»Es ist nicht so, wie Sie denken«, murmelte er.

»Dann klären Sie uns besser auf«, forderte Enno.

»Ich bin Finanzinvestor«, begann der Glatzkopf seufzend. »Meine Spezialität sind riskante Projekte, von denen die Banken üblicherweise die Finger lassen. Ich habe den richtigen Riecher, wenn Sie es so nennen wollen. Natürlich geht gelegentlich auch mal eine Geldanlage baden. Aber das ist eben mein Geschäftsrisiko.«

»Kommen Sie auf den Punkt.«

Mit diesem Satz wollte die Kommissarin Brunner von der Selbstbeweihräucherung abbringen und dazu bewegen, ihr brauchbare Fakten für die Lösung des Mordfalls zu präsentieren.

»Selbstverständlich, Frau Sander. Ist Ihnen bekannt, dass Herr Feldmann von seiner Bank nur einen sehr bescheidenen Kreditrahmen bewilligt bekam? Die Summe hätte niemals ausgereicht, um so eine Vision wie die Brauerei mit Ausschank auf Borkum Wirklichkeit werden zu lassen.«

»Sie haben Feldmann frisches Geld zukommen lassen?«, vermutete der Oberkommissar. Brunner nickte. Jetzt, wo es um seinen Beruf ging, schien er sich wieder etwas sicherer zu fühlen.

»Ja, ich bin nach wie vor überzeugt davon, dass die Borkum Brauerei eine Zukunft hat.«

»Sie kommen mir nicht sehr glaubwürdig vor«, sagte Mona, wobei sie dem Investor einen harten Blick zuwarf. »Einerseits pumpen Sie Kapital in Feldmanns Betrieb, andererseits erscheinen Sie noch nicht einmal bei der Bierverkostung. Ich kann mir nicht vorstellen, dass Sie nicht eingeladen waren. Oder hatten Sie an dem Abend Migräne?«

Diese spitze Bemerkung konnte sie sich nicht verkneifen.

»Nein, ich hatte keine Migräne. Vielmehr war es so, dass Herr Feldmann mich um Nachverhandlungen bat. Er wollte, dass ich meine Investition um weitere zwanzigtausend Euro aufstocke. Allerdings erschien nicht er selbst bei mir, sondern seine Assistentin.«

»Und der Besuch erstreckte sich über dreieinhalb Stunden«, stellte die Kommissarin fest. »Wahrscheinlich dauerte es eine Zeitlang, bis die blaue Pille wirkte.«

»Wie war das, bitte?«

»Ich habe nur laut gedacht, Herr Brunner«, behauptete Mona mit einem spöttischen Lächeln auf den Lippen. Sie wollte ihn aus der Reserve locken. Und das gelang ihr auch.

»Ich will Klartext reden«, grollte der Glatzkopf. Er schien nun nicht mehr ängstlich, sondern ärgerlich zu sein. »Natürlich hat Feldmann mir die Kleine geschickt, damit sie mir um den Bart geht. Ich bin ja schließlich nicht aus Stein. Zwischen Chantal und mir ist nichts Illegales abgelaufen, es geschah alles freiwillig. Sie können das Mädel ja fragen, wenn Sie mir nicht glauben.«

Die Kommissarin führte sich vor Augen, dass Gunter Feldmann Gefühle für seine junge Geliebte hatte. Die Besorgnis nach Chantals Verschwinden war echt gewesen. Der Brauereibesitzer war nicht dumm. Ihm musste klar gewesen sein, was geschehen würde, wenn er Chantal ins Hotelzimmer eines Widerlings wie Brunner schickte. Dafür gab es nur eine plausible Erklärung: Feldmann benötigte verzweifelt das Geld.

Ennos Gedanken schienen in dieselbe Richtung zu gehen, denn er fragte nun: »Waren denn die Verhandlungen erfolgreich?«

»Ich gebe Feldmann noch einmal zwanzigtausend Euro, falls Sie das meinen«, erwiderte der Investor. »Mein Motto lautet: Wer nicht wagt, der nicht gewinnt. Vielleicht sehe ich diesen Betrag nie wieder, denn Feldmann greift schon nach den letzten Strohhalmen. Wie ich höre, hat er sogar Henzburg um eine Finanzspritze angebettelt.«

Mona horchte auf.

»Was sagten Sie gerade?«

»Ich sprach von meiner Risikobereitschaft und …«

Ungeduldig schnitt sie dem Kahlen das Wort ab.

»Nein, es geht mir um den Namen. Wer ist das?«

»Sie kennen Leo Henzburg nicht? Seien Sie froh, Frau Sander. Das ist ein ganz übler Bursche. Man soll ja nichts Schlechtes über Konkurrenten sagen, aber der Kerl ist unterste Schublade. Er leiht armen Teufeln Geld, die bei keiner Bank eine Chance hätten. Aber wehe, wenn jemand seine Schulden nicht pünktlich zurückzahlt. Ich möchte bei Henzburg jedenfalls keine Schulden haben.«

Kapitel 14

Die Inselpolizisten nahmen Brunners Personalien auf und notierten seine Mobilfunknummer, falls es noch Unklarheiten geben sollte. Beim Abschied verzichtete der Investor immerhin auf einen weiteren Anmachspruch.

»Erschieß mich, falls ich mich jemals mit einem Kerl wie Brunner einlassen sollte«, sagte Mona, als sie außer Hörweite des Glatzkopfs waren. Die beiden stiegen die Stufen zur Jann-Berghaus-Straße hoch.

»Für schöne Frauen habe ich doch immer Zeit, um unseren neuen Freund zu zitieren«, erwiderte Enno schmunzelnd. »Aber die Kugel kann ich mir sparen, denn so etwas wird garantiert niemals geschehen.«

»Wie recht du doch hast!«, gab die Kommissarin zurück. »Immerhin wissen wir jetzt, warum Chantal sich über ihre Abwesenheit bei der Bierverkostung so bedeckt gehalten hat. Mir wäre es auch peinlich, mit Brunner … nein, das will ich mir gar nicht ausmalen. Was für ein Glück, dass er über Feldmanns Geschäfts-beziehung zu diesem Leo Henzburg Bescheid wusste. Also habe ich mich in der Nacht verhört, und wir können die schöne Stadt Rendsburg bei unseren Ermittlungen ausklammern.«

»Wenigstens ist mir das nicht passiert«, meinte Enno. »Sonst wäre von dir garantiert der Vorschlag gekommen, ein Hörgerät anzuschaffen.«

»Du bist doof!«, sagte Mona grinsend und knuffte ihm freundschaftlich in die Seite. »Es ist gut, wenn man hinter die Kulissen blicken kann. Feldmanns ambitioniertes Brauerei-Projekt steht offenbar auf tönernen Füßen. Ich bin keine Wirtschaftsfachfrau, aber mit seinen Niedrigpreisen wird er monatelang rote Zahlen schreiben. Das geht nur, wenn er genügend Fremdkapital hat. Notfalls prostituiert sich sogar seine Geliebte für ihn, damit Brunner den Geldhahn nicht zudreht.«

»Das ist eine miese Tour«, erwiderte der Oberkommissar. »Ich sehe bloß noch nicht den Zusammenhang mit Jopps Ermordung.«

»Ich weiß auch nicht, ob Feldmanns Geschäftspraktiken etwas damit zu tun haben«, räumte Mona ein. »Wenn der Brauereibesitzer finanziell so klamm ist, dann könnte jeder Konkurrent oder

Widersacher durch Jopps Tod auch dem Betrieb den Todesstoß versetzen.«

Enno klang skeptisch: »Einen Mord begehen, um die Brauerei zu ruinieren? Wäre es da nicht sinnvoller, einen Sudkessel oder eine andere wichtige Apparatur zu zerstören?«

»Ich vermute, dass Feldmann gegen Vandalismus versichert ist, also würde so ein Schaden abgedeckt sein. Aber ein qualifizierter Braumeister dürfte nicht leicht zu finden sein. Viele Gastrobetriebe schaffen es ja noch nicht mal, zuverlässige Spülhilfen anzuheuern«, gab Mona zu bedenken.

»Das stimmt, daran hatte ich nicht gedacht«, meinte der Ostfriese. »Knöpfen wir uns jetzt die Kellnerin vor?«

»Ja, wir sollten auf jeden Fall Rhea Drees' Alibi überprüfen. Ich finde ihre Gang-Vergangenheit hochinteressant. Gewiss, sie hatte an dem Abend der Bierverkostung frei. Deshalb kann sie aber trotzdem zur Brauerei gekommen sein, um es dem Grabscher Jopp heimzuzahlen.«

»Vielleicht spendiert sie uns ja eine DNA-Probe, dann können wir sie schnell ausschließen – oder auch nicht«, erwiderte Enno. Während die beiden Richtung Polizeistation gingen, zog Mona ihr Notizbuch hervor und tippte die Mobilfunknummer der Kellnerin in ihr Smartphone. Doch als die Kommissarin anrief, sprang nur die Mailbox an.

»Wahrscheinlich darf die junge Dame während der Arbeitszeit nicht telefonieren«, meinte der Oberkommissar.

»Ja, vorausgesetzt, dass Rhea Drees gerade bedient«, erwiderte seine Kollegin. Mona versuchte es nun auf dem Festnetzanschluss der Borkum Brauerei. Nachdem einige Male das Freizeichen ertönt war, meldete sich der Restaurantleiter. Die Kriminalistin erkundigte sich bei Meeno Bischof nach der Kellnerin und erfuhr, dass Rhea Drees an dem Tag nicht arbeiten musste. Nachdem Mona noch die Adresse nachgefragt hatte, beendete sie das Telefonat. Die Inselkommissare nahmen den Dienstwagen, um zur Geert-Bakker-Straße zu fahren.

»Ich frage mich, ob dieser Leo Henzburg ein weiterer Kandidat für unsere Verdächtigenliste ist«, meinte die Ermittlerin, als die beiden im Auto saßen.

»Wenn ich den Glatzkopf richtig verstanden habe, dann ist Henzburg eine Art Kredithai«, gab Enno zurück. »Welchen Vorteil sollte ihm Jopps Tod bringen? Wenn Feldmanns Brauerei pleitegeht, sieht er sein Geld garantiert nie wieder.«

»Oder Henzburg kauft den Betrieb zu einem Spottpreis und wird selbst Borkums neuer Bierkönig«, schlug Mona vor. »Aber das ist reine Spekulation. Je länger wir uns mit den Feldmanns beschäftigen, desto mehr Geheimnisse kommen ans Tageslicht.«

»Ja, in unserem Beruf wird es nie langweilig«, sagte der stämmige Ostfriese schmunzelnd.

Die Geert-Bakker-Straße verlief parallel zur Hindenburgstraße. In dieser ruhigen Wohngegend gab es etliche Ferienunterkünfte für Familien. Rhea Drees lebte in einer günstigen Pension, wo hauptsächlich Gastronomiepersonal untergebracht war. Mona kannte die Adresse, weil sie und Enno dort schon einmal einen handfesten Streit zwischen zwei Köchen hatten schlichten müssen. Die Vermieterin erkannte die Zivilbeamten wieder, obwohl der Einsatz schon ein paar Monate zurücklag.

»Hier gibt es keinen Ärger, alles ist friedlich«, sagte die abgehärmte Frau zur Begrüßung. In den Ohren der Kommissarin klang das wie eine Vorwärtsverteidigung.

»Moin, wir möchten nur mit einer Ihrer Mieterinnen sprechen, nämlich mit Rhea Drees«, stellte sie klar.

»Rhea hat Zimmer sieben, ganz am Ende des Korridors«, lautete die Antwort. Die Inselkommissare nickten der Frau zu und gingen den langen, düsteren Flur entlang. Die Dielenbretter knarrten unter ihren Schritten. Nur ein paar Glühlampen spendeten fahles Licht. Da alle Türen geschlossen waren und es keine Fenster gab, drang kein Sonnenstrahl in diesen Gang. Die Tapeten waren schadhaft und teilweise eingerissen, vom Holz blätterte die Farbe ab. Diese Unterkunft eignete sich wirklich nur für Leute, die während ihres Arbeitsaufenthalts nach einer billigen Bleibe suchten.

An Touristen könnte man hier nicht vermieten, dachte Mona. Sie und ihr Kollege blieben vor dem Zimmer der Kellnerin stehen. Leise Musik drang von innen Richtung Korridor. Außerdem stieg Mona ein verdächtiger süßlicher Geruch in die Nase. Enno pochte gegen das Türholz.

»Frau Drees? Hier ist die Polizei. Wir müssen mit Ihnen sprechen«, rief er.

Einen Moment lang erfolgte keine Reaktion. Dann sagte die Bedienung: »Das ist nicht lustig, Kees. Wann kapierst du endlich, dass ich nichts von dir will?«

Nun versuchte Mona ihr Glück. Sie hoffte, dass Rhea Drees ihre Stimme wiedererkennen würde.

»Hier ist wirklich die Polizei, ich bin Kommissarin Sander. Erinnern Sie sich an mich?«

Die junge Frau gab einen nur teilweise unterdrückten Fluch von sich. Ein Schlüssel wurde im Schloss gedreht, dann öffnete sich die Tür. Rhea Drees sah nun ganz anders aus als in ihrer adretten Kellnerinnen-Uniform. Sie war barfuß und trug Jeans-Shorts sowie ein violettes Batik-T-Shirt. Die Haare standen wirr von ihrem Kopf ab. Ihre Oberarme wurden von grellen Tätowierungen geschmückt. Den Marihuana-Geruch in dem kleinen Zimmer konnten die Polizisten unmöglich ignorieren.

»Wir möchten mit Ihnen sprechen«, bat Enno.

»Ja, sicher«, murmelte die Bedienung. Doch im nächsten Moment zog sie eine kleine Dose Pfefferspray aus der Jeanstasche und jagte eine Ladung ins Gesicht des Oberkommissars.

Weder Enno noch seine Kollegin hatten die spontane Attacke kommen sehen, zumal Rhea Drees sich zuvor nicht feindselig verhalten hatte. Mona stürzte sich wie eine Raubkatze auf ihre Widersacherin, riss sie zu Boden. Wenn jemand seine Hand gegen ihren Kollegen erhob, nahm sie das sehr persönlich. Außerdem musste man damit rechnen, dass die Frau weitere Waffen bei sich hatte, die gefährlicher waren als eine Dose Pfefferspray. Obwohl die Kommissarin selbst nichts abbekommen hatte, reizte die Substanz auch ihre Augen. Aber trotzdem konnte sie Rheas Handgelenk so fest packen, dass die Kellnerin einen Schmerzensschrei ausstieß und die Dose ihren Fingern entglitt.

Trotzdem gab Monas Gegnerin nicht so schnell auf. Rhea Drees hatte Kampferfahrung, das merkte die Kommissarin sofort. Es war gut vorstellbar, dass sie früher in einer Mädchengang die Fäuste sprechen lassen hatte. Doch Mona verfügte ebenfalls über das nötige Wissen, um sich bei einer solchen Prügelei behaupten zu können. Außerdem hatte sie wegen des Angriffs auf Enno reichlich Wut im Bauch, was ebenfalls half. Jedenfalls liefen die Schläge der Kellnerin größtenteils ins Leere. Mona musste ein paar Treffer einstecken.

Aber letztlich gelang es ihr, die Widerspenstige auf den Bauch zu drehen und ihr Handschellen anzulegen.

»Es ist wohl ein Klischee, dass man vom Kiffen friedfertig wird!«, fauchte die Kriminalistin. Rhea Drees antwortete mit einem nicht druckreifen Fluch.

Von der jungen Frau ging momentan keine Gefahr mehr aus. Mona wandte sich nun ihrem Kollegen zu, der ein großes weißes Herrentaschentuch vor sein Gesicht gedrückt hatte.

»Lass mal sehen«, bat sie besorgt und schob seine Hände zur Seite. Ennos Augen waren stark gerötet und tränten.

»Alles halb so wild«, versicherte er wenig überzeugend. »Ich muss nur mein Gesicht unter fließendes Wasser halten, dann bin ich wieder wie neu.«

»Unsinn, du musst zum Arzt!«

»Warum willst du gleich mit Kanonen auf Spatzen schießen, Mona? Das war eindeutig Pfefferspray. Wir wissen doch, wie das wirkt.«

»Keine Widerrede, mein Lieber! Du kennst doch die Anweisungen – wenn du angegriffen wirst, dann muss das dokumentiert werden. Und wenn du dich nicht untersuchen lässt, werde ich es Birte petzen.«

Trotz der Schmerzen, die er wahrscheinlich hatte, brachte der Oberkommissar ein Grinsen zustande.

»Wer hätte gedacht, dass ausgerechnet du auf den Dienst-vorschriften herumreiten würdest. Und dann drohst du mir auch noch mit meiner Frau. Den heutigen Tag muss ich mir rot im Kalender anstreichen.«

»Tu dir keinen Zwang an«, erwiderte die Kommissarin trocken. Sie war insgeheim erleichtert, dass ihr Kollege schon wieder Witze machen konnte. Mona forderte per Funk einen Streifenwagen an, der Rhea Drees zur erkennungsdienstlichen Behandlung zur Polizeistation bringen sollte.

»Schaut euch hier mal um, vielleicht findet ihr den Drogenvorrat der jungen Dame«, bat sie die uniformierten Kollegen, als diese wenig später eintrafen. Die Kellnerin hatte es aufgegeben, an ihren Handschellen zu zerren. Sie gab auch keine Kraftausdrücke mehr von sich, sondern starrte nur noch glasig ins Leere. Ein Blick in ihre Pupillen reichte für die Erkenntnis, dass sie unter Drogeneinfluss stand. Die kurze, aber heftige Rangelei mit der Kommissarin schien

Rhea Drees erschöpft zu haben. Da sie offensichtlich Betäubungsmittel konsumiert hatte, war momentan sowieso nicht an eine Befragung zu denken. Während Polizeimeisterin Aiske Berend die junge Frau in den Streifenwagen bugsierte, begann Polizeimeister Claas Lammer mit der Durchsuchung des Zimmers.

Mona schaffte ihren verletzten Kollegen auf den Beifahrersitz des Opel Vectra und ließ den Motor an.

»Wie geht es dir, Enno?«

»Ich hab mich schon mal besser gefühlt, aber ich bin ja in guten Händen.«

»Ich mache mir Vorwürfe!«, platzte die Kommissarin heraus, während sie Richtung Stadtkrankenhaus raste. »Wie konnte diese falsche Schlange uns nur so überrumpeln? Wenn sie nun eine Pistole statt einer Pfefferspraydose gezogen hätte?«

»Hat sie aber nicht.«

»Du weißt schon, wie ich das meine. Dir hätte noch etwas viel Schlimmeres passieren können, Enno.«

»Das Mädchen ist plötzlich ausgerastet, das war nicht vorherzusehen. Beim nächsten Mal geben wir besser acht.«

Mona fand es beruhigend, dass ihr erfahrener Kollege trotz der Attacke seinen Gleichmut nicht verloren hatte. Sie fragte sich, aus welchem Grund Rhea Drees den Oberkommissar angegriffen hatte. War ihr Gehirn von den Drogen umnebelt worden? Ihr musste doch bewusst sein, dass die Polizei sie nach dieser Aktion besonders gründlich unter die Lupe nehmen würde. Oder machte sie sich über die Konsequenzen ihres Handelns keine Gedanken?

War es in der Mordnacht auch so gewesen?

Mona wollte sich Gewissheit verschaffen. Zum Glück war in dem kleinen Insel-Hospital nicht allzu viel los. Enno durfte sich schon in einen Behandlungsraum setzen, Dr. Siemers wollte sich in wenigen Minuten um ihn kümmern.

»Du rührst dich nicht vom Fleck, mein Lieber. Ich muss kurz noch einmal weg«, sagte Mona.

»Ich habe aktuell nichts Besonderes vor«, erwiderte ihr Kollege mit einem gequält wirkenden Grinsen.

Die Kommissarin stieg wieder ins Auto und fuhr zur Geert-Bakker-Straße zurück. In der Pension war der junge Polizeimeister inzwischen fündig geworden. Er hielt eine große Plastiktüte hoch, die Marihuana enthielt.

»Das dürfte mehr als der übliche Eigenbedarf sein, Mona.«

»Ja, da bin ich deiner Meinung. Gute Arbeit, Claas.«

»Außerdem habe ich noch dieses Kuvert sichergestellt.«

Mit diesen Worten öffnete der uniformierte Kollege einen braunen Umschlag, der etliche Banknoten enthielt. Er fügte hinzu: »Das sind tausend Euro, wenn ich mich nicht verzählt habe.«

Die Ermittlerin spürte, wie sich ihr Puls beschleunigte. Mona glaubte nicht an Zufälle. Ein Kuvert mit tausend Euro darin – das war exakt die Summe an Schweigegeld, die Jopp laut Chantal Willer gefordert hatte. Sie konnte es kaum abwarten, Enno diese Neuigkeit mitzuteilen. Doch zuvor wollte sie sich selbst ein genaueres Bild von Rhea Drees' Wohnverhältnissen machen.

»Ich werde mich selbst noch kurz in dem Zimmer umschauen, dann können wir es versiegeln«, sagte sie zu Claas Lammer, der natürlich Einweghandschuhe aus Latex trug. »Die Drogen und das Geld sind Beweisstücke, sie müssen kriminaltechnisch untersucht werden.«

»Alles klar«, gab der junge Kollege zurück. Mona spazierte durch den Raum, wobei sie die Hände hinter dem Rücken gefaltet hielt. Claas sollte nicht den Eindruck gewinnen, dass sie seinem Urteilsvermögen nicht vertraute. Die Kommissarin wollte nicht als Besserwisserin dastehen, weil sie solche Leute nicht ausstehen konnte. Sie hatte den Polizeimeister mit der Durchsuchung beauftragt, und diese Aufgabe wurde von ihm gemeistert. Es gab keine Veranlassung, seine Arbeit noch einmal zu überprüfen. Sie mochte keine Fernsehserien, in denen uniformierte Polizisten als Dummköpfe dargestellt wurden, die dem genialen Mordermittler nicht das Wasser reichen konnten.

Rheas Bleibe war mit Billigmöbeln vom Discounter eingerichtet worden, so wie alle anderen Zimmer in dieser Pension. Das hatte Mona schon bei ihrem letzten Einsatz festgestellt. Die kiffende Kellnerin hielt offenbar nicht viel von Ordnung, denn Zeitschriften, Textilien, Pizzakartons und leere Coladosen lagen wild durcheinander. Die Kriminalistin schaute in das winzige Bad, wo es nach Duschgel und Schimmelpilz roch. Ansonsten bestanden die Duftnoten in diesem Raum hauptsächlich aus einem penetranten Parfüm und Marihuanageruch.

Mona verließ das Zimmer und klopfte Claas Lammer auf die Schulter.

»Du kannst jetzt das Siegel anbringen, wir sehen uns auf der Wache.«

Dann machte die Kommissarin sich auf die Suche nach der Vermieterin und fand sie in der Küche.

»Haben Sie mitbekommen, dass wir Rhea Drees verhaften mussten?«

Die Frau beantwortete Monas Frage mit einem Kopfschütteln. Doch sie konnte ihr nicht in die Augen sehen und konzentrierte sich weiter darauf, Möhren zu schrappen.

»Wollen Sie gar nicht wissen, was wir Ihrer Mieterin zur Last legen?«

»Ich versuche, mich nicht in die Angelegenheiten meiner Gäste einzumischen«, murmelte die Vermieterin. Für Mona klang dieser Satz nach einer faulen Ausrede.

»Frau Drees hat meinen Kollegen angegriffen, außerdem fanden wir bei ihr eine größere Menge Drogen. Haben Sie mitbekommen, dass sie kifft?«

»Nein.«

»Wie kommt es, dass ich darüber nicht erstaunt bin?«, höhnte die Ermittlerin. »Wissen Sie, wo sich Frau Drees während der Nacht vom dritten auf den vierten September aufgehalten hat?«

»Ich kontrolliere meine Mieter nicht, Frau Sander. Jeder von ihnen hat einen Hausschlüssel, mit dem er jederzeit kommen und gehen kann. Sie haben ja gesehen, dass Rhea Drees am Ende des Korridors wohnt. Am besten erkundigen Sie sich bei den Leuten, die Wand an Wand mit ihr leben.«

»Das werde ich tun, keine Sorge«, kündigte die Kommissarin an. Sie ließ sich die Telefonnummern von den Mietern der benachbarten Zimmer geben und eilte zum Auto. Als Mona das Krankenhaus wenig später erneut betrat, kam ihr Kollege soeben aus dem Behandlungszimmer.

»Ich bin wieder fit«, behauptete er. »Der Arzt hat meine Augen gespült und mir ein Rezept für eine Tinktur aufgeschrieben, mit der ich das selbst tun kann.«

Tatsächlich sah der Oberkommissar nicht mehr so angegriffen aus. Trotzdem fragte seine Kollegin: »Bist du gar nicht krankgeschrieben?«

»Das wäre nun wirklich übertrieben. Ich kann sehen, hören, sprechen, riechen, auf meinen eigenen Beinen gehen – was verlangst du denn noch?«

Mona gab auf. Sie wusste, dass der Ostfriese über eine eiserne Gesundheit verfügte und sich so schnell nicht aus der Bahn werfen ließ. Insgeheim war sie froh darüber, ihn bei diesem Fall weiter an ihrer Seite zu haben. Vor allem jetzt, wo sie aufregende Neuigkeiten zu verkünden hatte.

»Du wirst nicht glauben, was Claas in Rheas Zimmer gefunden hat!«, sagte sie und berichtete von den Drogen und den tausend Euro in bar.

»Also könnte die Kellnerin Jopp getötet haben«, erwiderte Enno nachdenklich. Die Kommissarin nickte.

»Ja, das Motiv liegt doch auf der Hand: Sie hat mir gegenüber ja bereits angegeben, dass sie die Zudringlichkeiten des Braumeisters widerlich fand. Und sie neigt zu spontanen Gewaltausbrüchen, wie du heute am eigenen Leib erfahren musstest. Wenn sie kein hieb- und stichfestes Alibi für die Mordnacht vorweisen kann, rückt sie auf meiner persönlichen Verdächtigenliste auf den ersten Platz vor.«

Die Inselkommissare wollten zur Dienststelle zurückkehren. Auf dem Weg dorthin hielten sie vor der Nordsee Apotheke gegenüber dem Rathaus, weil Enno sein Rezept einlösen wollte. Als der Oberkommissar wieder aus dem Gebäude kam und ins Auto stieg, wurden die Ermittler angefunkt. Mona griff zum Mikrofon: »Ja, Grietje?«

»Hinderk und ich sind gerade im Einsatz. Spaziergänger haben uns alarmiert, weil sie einen leblosen Mann fanden. Es ist Gunter Feldmann.«

Kapitel 15

»Wo genau befindet ihr euch?«, hakte Mona nach.

»Am Strand, auf Höhe vom DLRG-Vereinshaus. Feldmann liegt hier auf dem Boden, Hinderk leistet Erste Hilfe. Einen Rettungswagen habe ich bereits angefordert.«

»Sehr gut, Grietje. Enno und ich kommen auch dorthin.«

Die Kommissarin beendete den Funkkontakt und startete den Motor.

»Ich möchte zu gern wissen, wer Feldmann angegriffen hat«, meinte Enno.

Mona erwiderte: »Das geht mir genauso. Falls sich die Attacke nicht vor Kurzem ereignet hat, würde ich auf unsere kiffende Kellnerin tippen. Sie ist wahrscheinlich auch auf den Brauereibesitzer sauer, weil er bei Jopps Grabscherei immer beide Augen zugedrückt hat.«

Der Oberkommissar schaute auf seine Armbanduhr. Er sagte:

»Zugegeben, das wäre ein Motiv. Dann müsste Feldmann aber schon ziemlich lange dort liegen. Es ist inzwischen doch schon über eine Dreiviertelstunde her, seit du Rhea Drees verhaftet hast.« Enno machte eine kurze Pause und fuhr nachdenklich fort:

»Feldmann kann nur kurze Zeit in seinem hilflosen Zustand dort gewesen sein, ohne bemerkt zu werden. Da kommen doch ständig Passanten vorbei.«

Mona nickte. Sie parkte hinter der Kulturinsel, und die Ermittler eilten durch den Kurpark auf den Strand zu. Das kleine aus Backsteinen errichtete Vereinshaus war links und rechts von Dünengras umwuchert. Unmittelbar davor befand sich eine massive Sturmflutmauer, hinter der es hinunter zur Promenade und zum eigentlichen Sandstrand ging.

Feldmann war bei Bewusstsein, als die Inselkommissare dort eintrafen. Sein Gesicht war totenbleich, er lehnte sich gegen die Mauer und massierte mit der rechten Hand sein Genick. Grietje und Hinderk sowie ein schockiert wirkendes Paar in Allwetter-Anoraks standen neben ihm.

»Ich versuche Ihren Kollegen schon klarzumachen, dass mir nichts fehlt«, sagte der Brauereibesitzer mit tonloser Stimme zu den Ermittlern. »Soeben konnte ich veranlassen, dass der Rettungswagen wieder abbestellt wird. Ich hatte nur einen kleinen Schwächeanfall.«

»So kann man es auch nennen«, meinte Grietje trocken. »Ich war schon drauf und dran, Ihnen die letzte Ölung zu verpassen – wenn ich wüsste, wie man das macht.«

Feldmann sah wirklich nicht gut aus, wie Mona fand. Bei ihrer ersten Begegnung in der Brauerei hatte er noch gereizt auf die flapsigen Bemerkungen der jungen Polizeimeisterin reagiert. Jetzt schien ihm dafür die Kraft zu fehlen. Er schwankte hin und her, als ob er getrunken hätte. Doch Mona konnte beim Näherkommen keinen Alkoholgeruch wahrnehmen. Sie präsentierte den Zeugen ihren Dienstausweis und nannte ihren Namen. Dann fragte sie: »Sie haben den Herrn gefunden?«

»Ja, wir wollten zum Strand hinunter«, erwiderte der Mann. Er hatte einen leichten süddeutschen Akzent. »Da sahen wir jemanden neben dieser Mauer liegen. Im ersten Moment hielt ich ihn für tot. Ich kniete mich neben den Mann und tastete nach seiner Halsschlagader. Meine Frau sah die Polizisten auf ihren Fahrrädern und hat sie herangewinkt.«

Grietje ergänzte: »Ja, wir patrouillierten gerade auf der Promenade. – Herr Feldmann, an Ihrer Stelle würde ich mich wirklich von einem Mediziner untersuchen lassen.«

Auch für Mona war es offensichtlich, dass der Brauereibesitzer Schmerzen hatte. Natürlich war es möglich, dass er an einer Krankheit litt und deshalb das Bewusstsein verloren hatte. Doch der Kommissarin kam eine andere Variante wahrscheinlicher vor.

»Ich weiß es wirklich zu schätzen, dass Sie alle so besorgt um mich sind«, presste Feldmann hervor, »aber ich bin in Ordnung, das müssen Sie mir schon glauben.«

Enno wandte sich lächelnd an die Touristen: »Vielen Dank, dass Sie sofort unsere Kollegen gerufen haben. Wir kümmern uns jetzt um die Sache, genießen Sie weiterhin den Aufenthalt auf unserer Insel.«

Das Paar nickte den Polizisten und dem Unternehmer zu, dann gingen sie Hand in Hand zum Strand hinunter.

»Nun mal Butter bei die Fische, Herr Feldmann!«, platzte Mona heraus. Ihr ohnehin sehr dünner Geduldsfaden drohte zu reißen. Sie fuhr fort: »Wem haben Sie es zu verdanken, dass Sie bewusstlos auf dem Boden lagen?«

Der Brauereibesitzer zuckte zusammen. Die Kommissarin war sicher, dass sie ihn durchschaut hatte. Doch als er zu einer Antwort ansetzte, gab er sich keine Blöße.

»Wenn es überhaupt einen Verantwortlichen gibt, dann ist es mein niedriger Blutdruck, Frau Sander. Es wäre nicht das erste Mal, dass mir deshalb schwarz vor Augen wird. Hinzu kommt der berufliche Stress. Sie als Beamtin können sich wahrscheinlich nicht vorstellen, was für ein Risiko ich mit meinem anspruchsvollen Projekt eingegangen bin. So etwas zehrt natürlich auch an der Gesundheit.«

Mona lag die Frage auf der Zunge, ob Leo Henzburg etwas mit Feldmanns Bewusstlosigkeit zu tun hatte. Doch im letzten Moment bremste sie sich. Es war besser, den Unternehmer nicht in ihre Karten schauen zu lassen. Falls Feldmann wirklich Schulden bei diesem dubiosen Kredithai hatte, würde sie das herausfinden. Obwohl die Kommissarin inzwischen Rhea Drees für Jopps Mörderin hielt, mussten sie und ihre Kollegen trotzdem allen anderen Hinweisen nachgehen.

»Was hatten Sie eigentlich hier zu tun?«, wollte die Ermittlerin wissen, wobei sie eine Unschuldsmiene aufsetzte. »Das hier ist ein idyllisches Plätzchen, aber ziemlich weit von Ihrer Brauerei und Ihrem Ferienhaus entfernt.«

Sie konnte seiner Miene ansehen, dass ihre Frage ihm überhaupt nicht passte.

»Ich habe einen Spaziergang gemacht, um mich zu entspannen«, brachte Feldmann nach einer kurzen Pause hervor. »Mein Flug aufs Festland war leider nicht von Erfolg gekrönt. Ich konnte mit dem Braumeister, den ich traf, nicht einig werden.«

Ob der Unternehmer inzwischen herausgefunden hatte, dass seine Geliebte mit seinem Sohn fremdging? Natürlich konnte Feldmanns Bewusstlosigkeit auch auf eine solche Enthüllung zurückzuführen sein, denn sie schien ihm wirklich etwas zu bedeuten. Doch Mona vermutete einen anderen Grund.

Nun meldete sich Grietje zu Wort.

»Wenn unsere Anwesenheit nicht mehr erforderlich ist, werden wir lieber weiterhin für Recht und Ordnung sorgen. – Komm, Hinderk!«

Mit diesen Worten schob die Polizeimeisterin ihr Rad Richtung Promenade und schwang sich in den Sattel. Ihr Kollege folgte ihrem Beispiel. Die Kommissarin schaute Feldmann direkt in die Augen.

»Sie können sich jederzeit an die Polizei wenden, wenn Sie Probleme haben.«

»Das wird nicht nötig sein, Frau Sander. Trotzdem vielen Dank.« Mit diesen Worten wandte er sich ab und ging in Richtung seiner Brauerei. Es war offensichtlich, dass er Schmerzen hatte. Enno schaute ihm nachdenklich hinterher. Der Oberkommissar sprach erst, als der Mann außer Hörweite war.

»Denkst du, was ich denke, Mona?«

»Feldmann wurde zusammengeschlagen, und zwar von einem Profi. In seinem Gesicht sind keine Blessuren erkennbar. Da hat jemand genau gewusst, an welchen Punkten des Körpers maximale Schmerzen hervorzurufen sind, ohne Spuren zu hinterlassen. Ich wette, dass der Brauereibesitzer hier mit Henzburg verabredet war. Und dann wurde er von dem Kredithai oder dessen Handlanger durch die Mangel gedreht.«

»Es ist beinahe schon unheimlich, wie sich unsere Überlegungen ähneln«, gab Enno lächelnd zurück.

»Ich möchte herausfinden, ob Henzburg auf Borkum ist«, sagte die Kommissarin. »Rhea Drees können wir sowieso erst morgen früh befragen, wenn sie wieder nüchtern ist. Bis dahin kann sie in der Arrestzelle darüber nachdenken, was sie angestellt hat.«

Der Oberkommissar schaute auf die Uhr.

»Damit bin ich einverstanden. Oltbeck wird wegen der Überstunden meckern, aber ihm muss ja auch daran gelegen sein, dass wir den Fall so bald wie möglich lösen.«

»Wenn du nach Hause gehen möchtest, kann ich mich auch allein darum kümmern«, bot Mona an. Ihr Kollege schüttelte energisch den Kopf.

»Henzburg scheint ein schlimmer Finger zu sein. Ich werde gewiss nicht zulassen, dass du ihm ohne Rückendeckung gegenübertrittst.«

»Du bist doch der Beste«, erwiderte die Kommissarin lächelnd. Die beiden begaben sich zur Touristinformation. Es erforderte keine ausgefeilte Detektivarbeit, um die nötige Information zu bekommen. Ein gewisser Leonard Henzburg war morgens angereist, hatte den Gästebeitrag für drei Tage bezahlt und wohnte im *Hotel Zu den Gezeiten.*

»Dann wollen wir dem Herrn mal auf den Zahn fühlen«, meinte Enno. Die Touristinformation befand sich am Georg-Schütte-Platz, unmittelbar gegenüber vom Inselbahnhof. Nur einen Steinwurf weit von dort stand schon seit der Kaiserzeit der hochkarätige Beherbergungsbetrieb, in dem der Kredithai abgestiegen war.

Wie die meisten anderen Traditionshäuser verfügte dieses Hotel über eine weiße Fassade und hohe Fenster. Obwohl es regelmäßig renoviert wurde, strahlte es den nostalgischen Charme vergangener Zeiten aus. Mona kannte die Angestellte hinter der Rezeptionstheke nicht. Viele Arbeitskräfte kamen nur während der Saison auf die Insel und reisten wieder ab, wenn der Gästestrom nachließ.

»Möchten Sie ein Doppelzimmer?«, fragte die Frau in der Hoteluniform.

»Heute nicht«, erwiderte die Ermittlerin, während sie ihren Dienstausweis zeigte und ihren Namen nannte. »Wir müssen mit Herrn Henzburg sprechen.«

Die Rezeptionistin blickte auf eine Liste.

»Der Gast hat momentan den Konferenzraum *Neptun* gebucht«, sagte sie.

»Gut, dann wissen wir ja, wo wir ihn finden«, meinte Enno.

»Herr Henzburg möchte gewiss nicht gestört werden«, gab die Frau in der Hoteluniform zu bedenken. Mona überhörte den Einwand.

»Du weißt, wo dieser Konferenzraum ist?«

Der Oberkommissar bejahte ihre Frage mit einem Kopfnicken. Er und seine Kollegin gingen an dem Rezeptionstresen vorbei und bogen rechts in einen langen Korridor, von dem mit Messingschildern versehene Türen abgingen. Darauf standen klangvolle Namen wie *Poseidon*, *Burchana* und eben *Neptun*.

Enno klopfte kurz an die Tür und trat dann ein. Zwei Männer saßen an einem Konferenztisch. Einer von ihnen war nach Monas Schätzung in den Fünfzigern, trug eine Brille mit modischem Gestell und einen sorgfältig gestutzten Kinnbart. In seinem dunklen Anzug hätte er besser in die Hamburger oder Berliner City als auf eine Urlaubsinsel gepasst, wie sie fand. Auf den ersten Blick wirkte der Unbekannte harmlos. Nur der kalte Blick seiner grauen Augen deutete darauf hin, dass mit ihm nicht gut Kirschen essen war. Den Mann, der ihm gegenübersaß, kannten die Inselkommissare bereits. Es handelte sich um Enrico Feldmann.

Und dann war noch ein dritter Mann im Raum, der wie eine Schildwache hinter dem Kinnbart stand. Dieser Kerl erinnerte die Kommissarin von der Figur und der Haltung her an einen Rausschmeißer in einer Rotlichtbar.

Feldmann junior saß mit dem Rücken zur Tür, daher bemerkte er die Ermittler nicht sofort. Der Mann im Geschäftsanzug schaute sie an und schenkte ihnen ein unverbindliches Lächeln.

»Ich fürchte, Sie haben sich in der Tür geirrt, Herrschaften«, sagte er.

»Durchaus nicht«, erwiderte Mona und trat gemeinsam mit Enno näher, sodass nun auch Enrico Feldmann sie sehen konnte. Er blinzelte, das Erscheinen der Inselkommissare schien ihn zu irritieren.

»Was machen Sie denn hier?«, stammelte er.

Mona ging nicht auf die Frage ein, sondern schaute den anderen Mann am Tisch an.

»Ich bin Kommissarin Sander, das ist Oberkommissar Moll. Wir sind von der Borkumer Polizei und ermitteln in einem Mordfall, der sich in der Borkum Brauerei zugetragen hat.«

»Ja, solche Ereignisse sind schlecht für das Geschäft«, sagte der Fremde und lachte, als ob er etwas Lustiges gesagt hätte. »Mein Name ist Leonard Henzburg, Frau Sander. Ich bin Finanzinvestor und verhandele gerade mit Herrn Feldmann. Falls Sie also kein dringendes Anliegen haben, möchte ich Sie bitten …«

Die Kommissarin ließ ihn nicht ausreden. Sie deutete auf den bulligen Kerl.

»Hat dieser Herr auch einen Namen? Ist er stumm?«

»Ich heiße Ben Wittig«, knurrte der Typ. Er warf Mona einen Blick zu, als ob er ihr am liebsten den Kopf abgerissen hätte.

»Herr Wittig ist mein Privatsekretär«, behauptete Henzburg. Nach Meinung der Ermittlerin diente der Kraftprotz eher als Mann fürs Grobe. Sie konnte sich lebhaft vorstellen, dass er Gunter Feldmann verprügelt hatte. Beweise hatte sie dafür allerdings noch nicht. Also musste sie versuchen, ihre Zunge im Zaum zu halten. Auch, wenn es ihr nicht leichtfiel.

Enno wandte sich an Feldmann junior.

»Nimmt Ihr Vater gar nicht an den Verhandlungen teil?«

Darauf erwiderte der junge Mann nichts. Ob er wusste, was mit Gunter Feldmann geschehen war? Enrico Feldmann wirkte verängstigt und angespannt, doch dafür konnte es auch andere Gründe geben. Inzwischen wussten die Ermittler von der angespannten Finanzlage der Borkum Brauerei. Und es war gewiss kein Vergnügen, bei einem Kredithai wie Henzburg als Bittsteller aufzutreten. Mona hätte gern offen festgestellt, dass der Unternehmer misshandelt worden war. Dafür gab es allerdings nicht den geringsten Beweis. Die Kommissarin konnte sich aber auf ihren beruflichen Instinkt verlassen.

»Herr Feldmann ist beschäftigt, wie ich höre«, sagte Henzburg mit einem breiten Grinsen. »Ich kann Ihnen versichern, dass die Geschicke der Firma beim Juniorchef in guten Händen sind. Mir war noch gar nicht bekannt, dass die Polizei sich für völlig legale Transaktionen interessiert.«

Der Kreditthai fühlte sich sicher, doch davon ließ Mona sich nicht aus dem Konzept bringen. Sie zeigte ihm und seinem Leibwächter ein Foto des Ermordeten.

»Kennen Sie diesen Mann?«, wollte sie wissen.

»Nein«, gab Henzburg zurück, und auch Wittig schüttelte den Kopf.

»Er hieß Okko Jopp, war Braumeister der Borkum Brauerei und wurde während der Nacht vom dritten auf den vierten September im Sudhaus erstickt«, teilte Mona dem Kreditthai-Gespann mit. Henzburgs Erstaunen schien echt zu sein, und der Schläger verzog sowieso keine Miene. Es war unmöglich zu erkennen, was in ihm vorging. Henzburg hob die Augenbrauen.

»Ach, wirklich? Darüber wurde ich noch gar nicht informiert. Das bedeutet ja, dass momentan kein Bier produziert werden kann. Oder gibt es noch einen weiteren Braumeister?«

Enrico Feldmann rutschte auf seinem Stuhl hin und her, als ob er dringend auf die Toilette müsste.

»Nein, aber wir werden umgehend einen Nachfolger einstellen.«

»Soso.« Henzburg hörte sich skeptisch an. »Es wäre schön gewesen, wenn Sie uns solche wichtigen Dinge nicht vorenthalten hätten, Herr Feldmann. Nun bin ich doch froh, dass Frau Sander und Herr Moll uns unterbrochen haben. Die Polizei, dein Freund und Helfer, wie ich immer sage.«

Mona musste seinen Spott zähneknirschend über sich ergehen lassen. Da der Kreditthai erst am selben Tag angereist war, konnte er mit Jopps Tod nichts zu tun haben. Außerdem konnte die Kommissarin bei Henzburg kein Tatmotiv erkennen. Oder spielte er den Ermittlern etwas vor? In Monas Augen handelte es sich bei ihm um einen ausgekochten Ganoven, dessen Aussagen man nicht für bare Münze nehmen durfte.

Außerdem kam ihr der brutal wirkende Handlanger des Kredithais irgendwie bekannt vor. Aber woher?

»Wann sind Sie eigentlich nach Borkum gekommen, Herr Wittig?«, fragte sie.

»Heute Morgen mit dem Flieger, zusammen mit Herrn Henzburg«, lautete die Antwort.

»Ich konnte für meinen Mitarbeiter noch keine Unterkunft finden, aber darum kümmere ich mich jetzt«, kündigte der Finanzinvestor an. »Die Besprechung mit Herrn Feldmann ist zunächst beendet. Ich muss noch mehr Informationen sammeln, bevor ich eine Entscheidung fällen kann.«

»Wie Sie meinen«, sagte Mona. »Sie sollten in jedem Fall bedenken, dass auf Borkum Ruhe und Ordnung herrschen. Wenn wehrlose Menschen bedroht oder misshandelt werden, schreiten wir ein.«

»Das ist selbstverständlich«, entgegnete Henzburg und nickte übertrieben ernsthaft. »Wir sind sehr dankbar für Ihre schwere Arbeit. Nicht wahr, Ben?«

Wittig nickte und grinste breit. Die Kommissarin hätte ihm zu gern eine Körperverletzung an Gunter Feldmann nachgewiesen. Momentan gab es leider keine Handhabe gegen den Schlägertyp. Den Ermittlern blieb nichts anderes übrig, als das Hotel zu verlassen.

Als Mona und Enno am Inselbahnhof vorbei in Richtung Strandstraße gingen, kam Enrico Feldmann hinter ihnen hergehetzt.

»Ist Ihnen überhaupt klar, was Sie getan haben?«, rief er. »Dank Ihres Auftritts wie zwei Elefanten im Porzellanladen schliddert die Brauerei wahrscheinlich direkt in die Insolvenz!«

»Und was ist mit Ihnen?«, feuerte Mona zurück. »Sie machen sich Liebkind bei einem Mann, der Ihren eigenen Vater brutal zusammenschlagen lässt, weil er nicht nach der Pfeife des Kredithais tanzen wollte oder konnte.«

Beweisen konnte die Kommissarin ihre Behauptung nicht. Doch Feldmanns Reaktion bewies ihr, dass sie den Nagel auf den Kopf getroffen hatte. Als er wieder den Mund öffnete, klang er schuldbewusst.

»Es war der Wunsch meines Vaters, dass ich weiter verhandeln sollte. Er ruht sich momentan daheim aus. Die Brauerei ist sein großes Projekt, dafür würde er buchstäblich alles tun.«

»Wenn Ihr Vater keine Strafanzeige stellt, sind uns die Hände gebunden«, verdeutlichte der Oberkommissar dem jungen Brauereibesitzer. Darauf erwiderte Enrico Feldmann nichts.

Kapitel 16

Bevor Mona an diesem Tag Feierabend machte, bat sie die uniformierten Kollegen, im Kurpark nach Zeugen einer Auseinandersetzung Ausschau zu halten. Gleichzeitig machte sie sich keine großen Illusionen darüber, dass diese Maßnahme etwas bringen würde. Die meisten nach Borkum reisenden Urlauber waren gesetzestreue Bürger. Sie hätten gewiss die Polizei gerufen, wenn sie Zeuge einer Schlägerei geworden wären. Aber das war bisher nicht geschehen.

Am nächsten Morgen stellte die Kommissarin sich selbst immer noch die Frage, wo sie Ben Wittig schon einmal gesehen hatte. Sie verfügte über ein gutes Personengedächtnis, außerdem war der Kerl eine auffällige Erscheinung. Als Polizistin auf Borkum lernte man mit der Zeit, selbst innerhalb großer Mengen von Urlaubern – beispielsweise im Sommer am Strand – eine bestimmte Person »herauszufiltern«. Doch Mona glaubte nicht, dass sie den Handlanger des Kredithais auf der Promenade oder beim Baden erblickt hatte.

Als sie auf der Dienststelle ankam, schaltete sie sofort ihren PC ein und nahm sich noch einmal die Fotos und Videos von der Bierverkostung vor. Es war möglich, dass sie etwas übersehen hatte. Außerdem war ihr bei der ersten Sichtung Ben Wittig noch nicht bekannt gewesen, sie hatte sich ganz auf Okko Jopp und dessen Begegnungen mit anderen Gästen konzentriert.

Mona pfiff durch die Zähne, als Enno den Raum betrat. Der Oberkommissar schaute sie verwundert an.

»Moin, ich trage heute ein neues Hemd. Aber dass du gleich so begeistert reagierst, wundert mich.«

Die Kriminalistin lachte.

»Dein Hemd ist toll, deshalb habe ich aber nicht gepfiffen. Hier, schau dir das an!«

Der Oberkommissar kam zu ihr herüber. Mona zoomte zwei Fotos größer.

»Hier, schau dir den Kerl an, der dort in der Ecke allein herumsteht«, sagte sie. Ihr Kollege hatte bereits seine Brille aufgesetzt.

»Das ist ja Ben Wittig, dieser Schlägertyp! Im Anzug sieht er richtig seriös aus.«

»Und er stand nicht auf der Gästeliste, die wir von den Feldmanns bekommen haben«, unterstrich die Ermittlerin. »Entweder war er gar nicht eingeladen …«

»… oder der Brauereibesitzer wollte nicht, dass sein Name irgendwo auftaucht«, vollendete Enno den Satz. Die Kommissarin nickte und sagte: »Es sieht ganz danach aus, als ob wir einen neuen Mordverdächtigen hätten.«

»Was für ein Motiv sollte Wittig haben?«, dachte der Oberkommissar laut nach.

Mona erwiderte: »Das weiß ich auch noch nicht. Fest steht, dass Okko Jopp gern Menschen herausgefordert hat. Denk nur daran, wie gemein er zu Krischan Klott war. Und in seinem betrunkenen Zustand hat er sich vielleicht einfach mit dem Falschen angelegt.«

»Du meinst, Wittig wusste gar nicht, dass er den Braumeister vor sich hatte?«

»Das wäre doch möglich, oder? Die beiden Männer gerieten im Sudhaus in Streit, bei Wittig brennen die Sicherungen durch und er tötet Jopp. Danach macht er sich unbemerkt aus dem Staub, womöglich mit einer Chartermaschine.«

Enno spann den Faden weiter: »Henzburg hätte Wittig also nur kurz für die Bierverkostung einfliegen lassen, um die Feldmanns unter Druck zu setzen oder einfach Flagge zu zeigen? Gut, das könnte hinkommen. Dann hat der Schläger nicht auf der Insel übernachtet, wodurch ihn kein Gastgeber bei der Touristinformation anmelden musste.«

»Wir sollten mit diesem Herrn wirklich intensiv reden«, meinte die Kommissarin, »aber zunächst möchte ich wissen, was uns Rhea Drees zu sagen hat. Inzwischen müsste die Dame wieder nüchtern sein. Ich habe mir übrigens heute Morgen auch schon ihre Akte angeschaut. Sie hat zwei Jugendstrafen wegen Körperverletzung verbüßt, das war vermutlich ihre Mädchengang-Zeit. Und die Aggressivität hat sie ja immer noch nicht abgelegt, wie du am eigenen Leib erfahren musstest.«

»Ich bin gespannt, was für eine Geschichte wir von ihr zu hören bekommen«, erwiderte der Oberkommissar.

Mona bat Grietje darum, die Verdächtige in den Verhörraum zu schaffen. Am Vortag war Rhea Drees bereits erkennungsdienstlich behandelt und amtsärztlich untersucht worden.

»Dank meines Tees und meiner legendären Jagdwurststullen wird die Kifferin topfit sein«, teilte die Polizeimeisterin mit, bevor sie Rhea Drees aus der Arrestzelle holen ging. Die Kommissarin trommelte mit den Fingerspitzen auf die Tischplatte, während sie auf die Verdächtige wartete. Sie schaute zu ihrem Kollegen hinüber, der neben ihr Platz genommen hatte und seine Hände über seinem Bauch faltete. Oft träumte Mona davon, so in sich ruhen zu können, wie der Oberkommissar es tat. Doch insgeheim wusste sie, dass die aufbrausende Art zu ihrem Charakter gehörte. Diese Eigenschaft würde sie wohl niemals vollständig ablegen können.

Rhea Drees schlurfte in den Vernehmungsraum. Entweder wollte sie die reuige Sünderin spielen oder ihr Benehmen tat ihr wirklich leid. Bevor die Inselkommissare etwas sagen konnten, wandte sie sich an Enno: »Hören Sie, ich wollte Ihnen keinen Ärger machen. Ich entschuldige mich für die blöde Sache mit dem Pfefferspray.«

»Das, was Sie eine blöde Sache nennen, war ein Angriff auf einen Polizeibeamten im Dienst!«, fauchte Mona. »Und das ist eine Straftat.«

»Ich nehme Ihre Entschuldigung an«, sagte der Oberkommissar. »Trotzdem können wir dieses Delikt nicht unter den Teppich kehren, zumal Sie auch noch im Verdacht stehen, mit Betäubungsmitteln zu handeln und einen Mord begangen zu haben. Wir vernehmen Sie heute als Beschuldigte von drei unterschiedlichen Straftaten. Sie müssen sich nicht selbst belasten und haben das Recht, einen Strafverteidiger hinzuzuziehen.«

Die Ermittlerin beobachtete Rhea Drees, während ihr Kollege sprach. Die junge Frau wirkte immer noch etwas tranig, obwohl die Wirkung des Marihuanas nach so langer Zeit verflogen sein musste. Vermutlich hatte die Kellnerin nicht allzu gut geschlafen, denn der Aufenthalt in einer Arrestzelle gefiel den wenigsten Menschen. Außerdem konnten ihr zumindest die Attacke auf Enno und der Rauschgiftbesitz eindeutig nachgewiesen werden.

Doch was war mit dem Mord an Jopp?

Die Kellnerin schien begriffen zu haben, dass sie tief in der Tinte saß. Sie atmete tief durch, bevor sie wieder zu sprechen begann: »Das ist ein Irrtum. Es war idiotisch von mir, Ihnen das Pfefferspray zu verpassen. Manchmal tue ich etwas, ohne an die Folgen zu denken. Ich habe gesagt, dass es mir leidtut. Ich kann es leider nicht ungeschehen machen. Aber was das Gras angeht, sind Sie auf dem

Holzweg. Ich verticke es nicht, okay? Das ist nur für mich selbst. Mein Job ist stressig, da brauche ich etwas zur Entspannung.«

»Vielleicht versuchen Sie es mal mit Yoga, das ist zumindest nicht illegal.«

Diese spöttische Bemerkung konnte Mona sich nicht verkneifen. Es war möglich, von Borkum aus mit der Fähre direkt in die Niederlande zu reisen. Und dort gab es das grüne Kraut in jedem Koffieshop zu kaufen. Die Kommissarin wusste, dass einige Leute auf der Insel illegale Drogen konsumierten. Sie beschloss, sich in diesen Kreisen umzuhören. Falls Rhea wirklich mit der Substanz handelte, würde Mona es früher oder später herausfinden. Doch momentan konzentrierte sie sich hauptsächlich auf den Mordfall.

»Möchten Sie einen Strafverteidiger beauftragen, bevor wir fortfahren?«, wollte Enno wissen. Die Verdächtige schüttelte den Kopf.

»Nein, ich will jetzt reden. Dann werden Sie schon sehen, dass ich die Wahrheit sage. Ich habe diesen Grabscher nicht umgebracht, obwohl ich ihn verabscheute.«

»Sie haben nur eine Chance, wenn Sie uns ab sofort die Wahrheit sagen«, warnte Mona. »In Ihrem Zimmer haben wir tausend Euro gefunden, die in einem Umschlag steckten. Woher stammt dieses Geld?«

Die Kellnerin warf der Kommissarin einen Blick zu, den diese nicht deuten konnte. Ob sie darüber nachdachte, ob sich eine Lüge lohnen würde? Mona hatte während zahlreicher Verhöre die Erfahrung gemacht, dass nur sehr versierte Schwindler auf die Dauer mit ihren Falschbehauptungen durchkommen konnten. Man benötigte viel Fantasie, um überzeugend eine scheinbare Realität aufzubauen. Es war stets einfacher, bei der Wahrheit zu bleiben. Abgesehen davon, dass sich ungeübte Lügner schon durch ihre Körpersprache verrieten.

»Ich habe das Geld aus einer Handtasche genommen«, platzte Rhea heraus. »Ich glaube, dass sie Chantal Willer gehört, dieser aufgedonnerten Sekretärin.«

»Erzählen Sie uns doch einfach, wie Sie an das Geld gekommen sind«, bat Enno.

Die junge Frau lehnte sich in ihrem Stuhl zurück und schaute Richtung Fenster. Als Mona schon ungeduldig wurde, begann sie zu reden.

»An dem Abend der Bierverkostung hatte ich frei. Einerseits war ich froh, nicht arbeiten zu müssen, denn solche Veranstaltungen können für uns Servicekräfte sehr stressig sein. Andererseits hätte ich gern Trinkgeld kassiert. Manche Gäste sind nämlich sehr spendabel, wenn sie Freibier bekommen. Das klingt seltsam, ist aber wirklich so. Jedenfalls hatte ich etwas geraucht und war nicht mehr ganz klar im Kopf. Ich brach zu einem Spaziergang auf, ohne ein bestimmtes Ziel zu haben. Es war eine schöne Nacht, für Anfang September sogar noch recht warm. Und plötzlich merkte ich, dass ich vor der Brauerei stand.«

»Sie gingen also nicht mit einer bestimmten Absicht dorthin?«, vergewisserte Enno sich. Rhea Drees schüttelte den Kopf.

»Nein, ehrlich nicht. Und es ist die Wahrheit, was ich Ihrer Kollegin über Braumeister Jopp erzählt habe. Er nutzte jede Gelegenheit, um uns Frauen gegenüber zudringlich zu werden. Dieser Miesling konnte einfach seine Hände nicht bei sich lassen.«

»Wie spät war es, als Sie die Brauerei erreichten?«, fragte Mona.

»Vielleicht kurz nach elf Uhr abends, Frau Sander. Und dort lief ich prompt Jopp in die Arme. Er stand draußen und qualmte eine Zigarette. Natürlich erkannte er mich und fing sofort damit an, mich zu befummeln.«

»Wie reagierten Sie?«

»Was hätten Sie an meiner Stelle getan?«, gab Rhea Drees als Antwort an die Kommissarin zurück. »Ich schrie ihn an, dass er mich in Ruhe lassen sollte. Aber er hörte nicht, der Kerl war auch ziemlich besoffen. Also verpasste ich ihm ein paar Schläge.«

»Wo trafen Sie ihn?«, fragte Mona.

»Ich glaube, an der Brust oder seitlich auf die Flanke. So genau weiß ich das nicht mehr, es war ja außerhalb des Lichtscheins der Laternen ziemlich dunkel.«

»Warum haben Sie nicht Jopps Gesicht anvisiert?«, wollte Enno wissen.

»Ich versuchte es, das können Sie mir glauben. Aber er wich mir aus. Als ein paar Leute den Schankraum der Brauerei verließen, wandte Jopp sich von mir ab und ging wieder hinein. Ich wollte nicht gesehen werden, also setzte ich ihm nicht nach. Stattdessen durchquerte ich die Greune Stee, setzte mich an den Strand und rauchte noch einen Joint.«

Die Kommissarin überlegte. Bisher deckten sich die Aussagen der Verdächtigen mit dem Obduktionsergebnis.

»Ist es denkbar, dass Jopp bei dieser Rangelei DNA von Ihnen unter seine Fingernägel bekommen hat?«, forschte Mona. Rhea Drees zuckte mit den Schultern.

»Möglich wäre das schon. Er ist mir ziemlich nahe gekommen, hat mich auch angepackt. Aber immerhin hat er von mir abgelassen.«

»Wie lange waren Sie am Strand?«, erkundigte sich die Ermittlerin.

»Ich verlor ein wenig das Zeitgefühl, wahrscheinlich war ich zu bekifft. Auf jeden Fall bin ich noch einmal zur Brauerei zurückgekehrt.«

»Wann war das?«

»Ich weiß es nicht mehr, Frau Sander. Es muss schon nach Mitternacht gewesen sein. Ich konnte nämlich von außen sehen, dass die Lampen vorn im Schankraum bereits ausgeschaltet waren. Es schien niemand mehr dort zu sein, alle Gäste hatten sich verkrümelt. Also beschloss ich, mich drinnen umzusehen.«

»Wie kamen Sie hinein?«, hakte die Kommissarin nach.

Die Antwort ließ auf sich warten, obwohl die Verdächtige zuvor sehr mitteilsam gewesen war.

»Ich glaube, dass Sie bisher ehrlich gewesen sind«, meinte Enno. »Fangen Sie jetzt bitte nicht an, sich eine Lüge zurechtzulegen. Wir kommen dahinter, glauben Sie mir.«

Die Verdächtige stieß einen langen Seufzer aus. Dann gab sie sich einen Ruck.

»Also gut, ich hatte die Notausgangstür manipuliert, als ich nach meiner Tagschicht Feierabend machte. Normalerweise lässt sie sich von außen nicht öffnen. Aber es geht schon, wenn man sich das Schloss vornimmt. Als Mädchen hatte ich ein paar Freundinnen, die Einbrüche machten. Von daher weiß ich, wie das geht.«

»Wir haben uns Ihre Vorstrafen angesehen«, stellte Mona trocken fest. Rhea Drees verzog den Mund.

»Diese Dummheiten werden mich wohl bis an mein Lebensende verfolgen! Zugegeben, ich bin keine Heilige. Und ich wollte etwas mitgehen lassen. Deshalb betrat ich die Brauerei durch die Notausgangstür im Sudhaus. Dort kann man eigentlich nichts Wertvolles erwarten, ich wollte hinüber zum Schankraum und dort nach der Trinkgeldkasse Ausschau halten. Stattdessen sah ich diese teure Handtasche – und den toten Jopp!«

Mona kniff die Augen zusammen.

»Sie behaupten also, dass der Braumeister bei Ihrer Rückkehr schon tot war?«, vergewisserte sie sich. Die Kellnerin nickte eifrig.

»Ja, genau! Im ersten Moment dachte ich, das Bier hätte ihm den Rest gegeben und er würde nur seinen Rausch ausschlafen. Er hing ja mit dem Oberkörper in diesem Tank, das sah sogar etwas lustig aus. Doch dann griff ich mir sein Handgelenk – brrrr, ich habe noch niemals so kalte Haut gespürt. Und einen Pulsschlag konnte ich auch nicht feststellen. Da wurde mir bewusst, dass er nicht mehr lebte. Ich schob Panik, ehrlich! Ich wollte schon abhauen, als ich in der offenen Handtasche dieses Kuvert bemerkte. Ich machte es auf und sah, dass darin eine Menge Geldscheine waren. Also steckte ich den Umschlag ein und machte, dass ich wegkam.«

»Warum haben Sie nicht die ganze Handtasche gestohlen?«, fragte Enno direkt. »Darin hätten sich vielleicht noch andere Wertsachen befunden.«

»Ich bin nicht von gestern«, beteuerte Rhea Drees. »Jedes Kind weiß doch heutzutage, dass man ein geklautes Smartphone orten kann. Und Schmuck? Der lässt sich auch leicht identifizieren. Aber ein Fünfzig-Euro-Schein ist ein Fünfzig-Euro-Schein, ob ich ihn nun aus dem Geldautomaten ziehe oder einem anderen Menschen wegnehme.«

Damit hatte die Verdächtige zweifellos recht. Mona war trotzdem nicht überzeugt davon, dass sich die Ereignisse wirklich so zugetragen hatten. Sie bohrte tiefer: »Warum haben Sie nicht sofort die Polizei gerufen, als Sie die Leiche fanden?«

»Können Sie sich das nicht denken?«, lautete die Antwort. »Ich habe das alte Ekel verabscheut. Damit will ich nicht sagen, dass ich ihm den Tod gewünscht hätte. Aber ich weine Jopp auch keine Träne nach. Außerdem habe ich mich gegruselt, ob Sie es glauben oder nicht. Es ist nicht angenehm, nach Mitternacht in einem leeren Sudhaus mit einem Toten allein zu sein.«

»Haben Sie Gegenstände in der Nähe des Leichnams bemerkt?«, wollte Enno wissen.

Die Verdächtige schaute ihn verblüfft an.

»Ich weiß nicht, wovon Sie sprechen. Ehrlich gesagt habe ich nicht auf solche Einzelheiten geachtet«, behauptete Rhea Drees. Mona versuchte einen Moment lang, sich in den Täter oder die Täterin zu versetzen. Was hätte die Kommissarin getan, um den Mord wie einen

Unfall aussehen zu lassen? Gewiss wäre sie ebenfalls auf die Idee gekommen, den Oberkörper des Opfers in den Biertank zu hängen. Nur so konnte die Illusion entstehen, dass Jopp an einer Kohlendioxidvergiftung gestorben wäre. Und den hellblauen Lappen, mit dem der Mann erstickt worden war, hätte sie natürlich verschwinden lassen.

Eine Erklärung für die weißen Baumwollfasern in seinem Mund hatte die Ermittlerin leider immer noch nicht. Ihr kam eine Idee: »Wissen Sie noch, welche Kleidung Sie an dem Abend getragen haben?«

Die junge Frau legte die Stirn in Falten, sie schien einen Moment lang nachzudenken.

»Ja, ich hatte eine Blue Jeans an, außerdem ein grünes T-Shirt und eine schwarze Kapuzenjacke mit einem Totenkopf auf dem Rücken. Außerdem schwarze Strümpfe und Sneakers.«

»Und wie steht es mit der Unterwäsche?«, hakte Mona nach. »Haben Sie uns wirklich die ganze Wahrheit gesagt, was den Kampf mit Jopp angeht?«

Rhea Drees riss die Augen auf und erwiderte: »Sie glauben, der Kerl hätte mir die Kleider vom Leib gerissen? Das hat er ganz bestimmt nicht getan, in dem Fall hätte ich ihn nämlich wirklich getötet. Mein BH und Slip waren übrigens auch schwarz. Das weiß ich, weil ich Wäsche in anderen Farben spießig finde. Wollen Sie mal sehen?«

Sie fasste ihr T-Shirt am unteren Rand, woraufhin Enno rote Ohren bekam. Die Kommissarin hob abwehrend die Hände.

»Schon gut, Sie müssen nicht blankziehen! Als ich mir Ihr Zimmer angeschaut habe, konnte ich dort wirklich ausschließlich dunkle Leibwäsche finden.«

»Was sollen diese Fragen überhaupt?«, wollte die Verdächtige wissen. »Ich sage Ihnen, dass ich Jopp nicht getötet habe.«

»Momentan sieht es nicht gut für Sie aus«, führte der Oberkommissar ihr vor Augen. »Sie hatten Motiv und Gelegenheit, und sie waren zu Jopps ungefährer Todeszeit am Tatort. Das haben Sie selbst zugegeben.«

Während Enno auf die Verdächtige einredete, dachte Mona über die weißen Baumwollfasern in der Mundhöhle des Opfers nach. Die hellblauen Stoffreste in der Lunge ließen sich durch den Lappen oder den Slip erklären, mit dem der Täter oder die Täterin Jopp erstickt hatte. Aber wie waren die anderen Rückstände in seinen Körper gelangt? Etwa erst nach Jopps Tod? Und weshalb? Das ergab keinen Sinn.

Als Rhea Drees nun zu sprechen begann, vibrierte ihre Stimme. Sie versuchte offenbar krampfhaft, die Tränen zu unterdrücken.

»Ich kapiere, wie sich das alles für Sie anhören muss. Sie kennen meine Vorstrafen. Ich habe zugegeben, dass ich Jopp geschlagen und das Geld geklaut habe. Eine Mörderin bin ich deshalb noch lange nicht!«

Kapitel 17

Die Inselkommissare beendeten das Verhör. Die Verdächtige wurde zurück in die Arrestzelle gebracht. Sie sollte noch am selben Tag mit der Fähre nach Emden gebracht werden, um dort möglichst bald einen Haftprüfungstermin zu bekommen. Dann würde ein Richter entweder Untersuchungshaft anordnen oder Rhea Drees bis zum Prozess auf freien Fuß setzen lassen.

»Sie ist ziemlich durcheinander«, sagte Mona, als sie sich mit ihrem Kollegen wieder in ihrem gemeinsamen Dienstzimmer traf. »Rhea fürchtet, dass wir sie als Sündenbock benutzen, weil man sie dem Gericht überzeugend als Mörderin präsentieren kann.«

Während die Kommissarin bei der jungen Frau in der Zelle gewesen war, hatte Enno Tee gekocht. Er reichte Mona eine Tasse. Und natürlich hatte er auch an Schokoladenkekse gedacht.

»Rheas Geschichte könnte stimmen«, gab der Ostfriese zu bedenken, während er sich ein wenig Gebäck einverleibte. »Wir haben ja noch einen weiteren Kandidaten, der zur ungefähren Tatzeit in der Brauerei war. Bei dem Schläger fehlt mir allerdings ein überzeugendes Motiv. Ich kann mir höchstens vorstellen, dass der betrunkene Jopp sich mit dem falschen Mann angelegt hat und die Situation eskaliert ist.«

Die Ermittlerin nickte.

»Ja, Ben Wittig müssen wir uns unbedingt noch vornehmen. Wie man auf den Fotos deutlich sehen kann, hat er sich bei der Bierverkostung sehr zurückgehalten und mit niemandem gesprochen. Dennoch wird seine Anwesenheit einen Grund gehabt haben. Vielleicht hat Henzburg seinen Handlanger nur nach Borkum geschickt, um die Lage zu peilen. Er wollte prüfen, ob sich eine Investition in die Brauerei überhaupt lohnt. Darüber können wir momentan nur spekulieren. Mich beschäftigt eine ganz andere Frage.«

»Du denkst an die weißen Baumwollfasern?«, vermutete der Oberkommissar.

»So ist es, mein Lieber. Ich hatte mir vorgestellt, dass wir es mit einem versuchten Sexualdelikt zu tun haben. Bei der Rauferei hätte Jopp der Kellnerin die Kleider vom Leib reißen und seine Zähne in ihre Unterwäsche versenken können. Ich weiß, das klingt ziemlich wild.«

Enno machte eine unbestimmte Handbewegung.

»Richtig, aber diese Theorie würde die Fasern in der Mundhöhle erklären. Sie bleiben zwischen den Zähnen stecken. Schließlich gewinnt Rhea bei der Prügelei die Oberhand, greift sich einen der Lappen und drückt diesen auf Mund und Nase ihres Peinigers, bis er nicht mehr atmet. So gelangen die hellblauen Fasern in die Lunge.«

»Meine Annahme basiert allerdings darauf, dass die Verdächtige überhaupt weiße Unterwäsche besitzt«, unterstrich die Kommissarin.

»Das trifft nicht zu, ich habe in ihren Kleiderschrank geschaut. Und sie war ja sogar bereit, vor uns eine Dessous-Show abzuziehen.«

»Erinnere mich nicht daran, das darf meine Frau nie erfahren«, erwiderte Enno grinsend, wurde aber sofort wieder ernst. »So, wie ich Rhea einschätze, hätte sie uns eine versuchte Vergewaltigung nicht verschwiegen, zumal sie sich dadurch entlasten könnte. Es ist ein Unterschied, ob sie sich wegen Mordes oder wegen eines Notwehrexzesses verantworten muss.«

Mona nahm einen Schluck Tee.

»Vielleicht halten wir uns mit dieser blöden Baumwolle zu lange auf«, räumte sie ein. »Ich hatte mir auch überlegt, ob Jopp einfach Zahnseide benutzt hat. Aber Seide hat nun einmal eine andere Beschaffenheit als Baumwolle.«

»Ja, lass uns diesen Punkt für den Moment ausklammern«, schlug Enno vor. »Ich möchte lieber versuchen, Feldmann zu einer Strafanzeige gegen seine Peiniger zu bewegen. Wenn wir Henzburg und Wittig aufgrund der Körperverletzung festnehmen könnten, hätten wir dieses saubere Duo schon mal im Gewahrsam. Momentan haben wir noch nicht einmal etwas in der Hand, um sie am Verlassen der Insel zu hindern.«

Diese Tatsache war Mona natürlich auch bekannt. Und sie trug nicht dazu bei, ihre Stimmung zu heben. Die Inselkommissare fuhren zum Ferienhaus der Unternehmerfamilie. Nachdem sie an der Tür geklingelt hatten, wurde ihnen von Saskia Feldmann geöffnet.

»Mein Schwiegervater und mein Mann sind nicht gut auf Sie zu sprechen«, sagte sie, bevor die Ermittler auch nur ein Wort von sich geben konnten. »Dank Ihnen ist wahrscheinlich ein wichtiger Investor abgesprungen.«

»Mag sein, doch für uns steht die Mordermittlung im Vordergrund«, erwiderte Mona. Die Schwiegertochter des Brauereibesitzers zuckte mit den Schultern.

»Kommen Sie meinetwegen herein, Sie geben ja doch keine Ruhe.«
Die Kommissarin schaute auf den linken Unterarm der jungen Frau.
Dort war ein rötlicher, schuppiger Ausschlag zu sehen. Es entging
Saskia Feldmann nicht, wohin Mona blickte.

»Ich leide unter Neurodermitis«, erklärte sie. »Der momentane
Dauerstress hat meine Krankheit wieder kräftig aufblühen lassen.«

Sie führte die Inselkommissare in den Wohnsalon, wo Vater und
Sohn Feldmann zusammensaßen. Die beiden waren über Papiere
gebeugt. Der gesamte Couchtisch war mit Bilanzen und Statistiken
bedeckt. Enrico Feldmann tippte auf einem Taschenrechner herum.
Als der Brauereibesitzer Mona und Enno sah, riss er die Augen auf.
Er wollte offenbar wutentbrannt vom Sofa hochschnellen, bekam
aber nur eine Bewegung in Zeitlupe zustande, wobei er sein Gesicht
vor Schmerz verzerrte.

»Sie trauen sich noch hierher?«, keuchte Feldmann. »Mein Sohn
hat mir erzählt, wie Sie sich im Hotel aufgeführt haben. Wenn meine
Geschäftsbeziehung zu Herrn Henzburg wegen Ihnen endet, werde
ich Sie auf Schadenersatz verklagen!«

»An Ihrer Stelle würde ich schön den Ball flachhalten!«, feuerte die
Kommissarin zurück, bevor ihr Kollege sie stoppen konnte. »Es ist
nämlich eine ernste Sache, bei einer Mordermittlung Informationen
zurückzuhalten. Das könnte Ihnen als Beihilfe ausgelegt werden,
wenn es hart auf hart kommt.«

Mit einem solchen Gegenangriff hatte der Brauereibesitzer nicht
gerechnet. Er ließ sich zurück auf die Couch plumpsen und starrte
Mona an, als ob er einen Geist sehen würde.

»Ich weiß nicht, wovon Sie sprechen, Frau Sander.«

»Dann will ich mich klarer ausdrücken. Wir hatten Sie um eine
Gästeliste von der Bierverkostung gebeten. Die haben wir auch
bekommen. Leider haben Sie vergessen, dort den Namen Ben Wittig
einzutragen. Sie wissen, von wem ich spreche: Wittig ist dieser
Gorilla, der Sie vermutlich zusammengeschlagen hat.«

»Mir ist nichts geschehen«, behauptete Feldmann, wobei seine
Miene ihn Lügen strafte. »Und dass meine Sekretärin Herrn Wittigs
Namen nicht aufgeschrieben hat, muss ein Fehler ihrerseits sein. So
etwas passiert.«

Mona ging im Zimmer hin und her, wobei sie die Anwesenden
genau beobachtete. Enno hatte sich vor der Tür aufgebaut. Wer
hinaus wollte, musste an ihm vorbei. Weder Feldmann noch sein

Sohn oder seine Schwiegertochter machten einen besonders zufriedenen Eindruck. Waren sie nur unruhig, weil ihr Geschäft den Bach hinunterging, oder steckte noch mehr dahinter? Die Kommissarin hoffte, es herauszufinden. Sie musste sich noch weiter aus dem Fenster lehnen, um Feldmann aus der Reserve zu locken.

»Womöglich ist Chantal Willer einfach überfordert«, sagte sie. »Es gehört ja nicht zu den üblichen Sekretariatsaufgaben, Liebesdienste an einem Finanzier verrichten zu müssen.«

»Wie bitte?!«, platzte der Sohn des Brauereibesitzers heraus. Er warf seinem Vater einen wütenden Blick zu.

»Du darfst dieser Kommissarin nicht glauben, sie hat eine schmutzige Fantasie«, beteuerte Feldmann.

»Ja, ich kann mir wirklich so einiges vorstellen«, erwiderte Mona. »Wenn Sie mir nicht glauben, können Sie gern ein Männergespräch mit Ulf Brunner führen. Er wird Ihnen bestätigen, dass Frau Willer mit vollem Körpereinsatz für einen Kredit gekämpft hat.«

Feldmann schüttelte den Kopf. Die Ermittlerin wusste, dass sie einen harten Brocken vor sich hatte. Im nächsten Moment erhielt sie allerdings Unterstützung von unerwarteter Seite.

»Was ist denn hier los?«

Eine helle Frauenstimme erklang hinter Ennos Rücken. Der Oberkommissar trat zur Seite und gab die Tür frei. Chantal Willer betrat den Wohnraum. Sie war mit einem bodenlangen Morgenmantel bekleidet und weder geschminkt noch frisiert. Die junge Frau wirkte verschlafen.

»Haben wir Sie geweckt?«, fragte Enno.

Die Sekretärin nickte.

»Die Polizei behauptet, dass du mit Brunner im Bett warst!«, rief Enrico. Chantal senkte den Kopf und errötete.

»Warum kümmert dich das?«, fragte Saskia Feldmann.

»Ihr Ehemann hat ein Verhältnis mit Frau Willer«, erklärte die Kommissarin. Daraufhin verpasste seine Frau ihm eine Ohrfeige und rauschte mit hoch erhobenem Kopf aus dem Zimmer, wobei sie Chantal einen vernichtenden Blick zuwarf.

»Ist das wahr?«, grollte Gunter Feldmann. »Du vergreifst dich an meiner … *Sekretärin*?«

Mona war sicher, dass er lieber ein anderes Wort verwendet hätte, doch er konnte sich im letzten Moment zügeln. Enrico Feldmann sank in einen Sessel und stützte seinen Kopf auf die Hände.

»Sie zerstören einfach alles«, brachte er mit tonloser Stimme hervor. »Warum tun Sie das?«

»Erstens glaube ich, dass Ihre Gattin schon längst Bescheid wusste«, begann die Kommissarin, »wir Frauen haben nämlich einen sechsten Sinn für solche Heimlichtuereien. Und zweitens decken Sie beide durch Ihr Verhalten einen oder sogar zwei Verbrecher. Damit lassen wir Sie nicht davonkommen.«

Enno ergänzte: »Wir wollen Ihnen nicht unterstellen, dass Sie von dem Mord an Jopp wussten. Aber Ben Wittig ist ein sehr gewalttätiger Mensch, er kommt zumindest als Verdächtiger infrage. Und er war zur Tatzeit auf Borkum, was Sie uns wohlweislich verschwiegen haben.«

Der Brauereibesitzer war kalkweiß im Gesicht. Er blickte abwechselnd seinen Sohn und seine Geliebte an, die sich inzwischen auf einem Stuhl am anderen Ende des Raums niedergelassen hatte und kein Wort mehr sagte. Chantals Affäre mit Enrico schien ihn mehr zu belasten als der Mord an Jopp, das war zumindest Monas Eindruck.

»Sie liegen völlig falsch«, brachte Feldmann hervor. »Warum hätte Ben Wittig meinen Braumeister töten sollen?«

»Diese Frage werden wir ihm selbst stellen«, betonte Mona. »Wenn Sie kooperativ gewesen wären, hätten wir das schon viel früher tun können.«

»Sie verstehen nicht, wie wichtig Henzburgs Investition für mein Unternehmen ist!«

Mit diesen Worten versuchte Feldmann sich zu rechtfertigen. Er fügte hinzu: »Jopp und Wittig kannten einander gar nicht. Warum hätten sie Ärger miteinander haben sollen?«

Vielleicht, weil der Braumeister unter Alkoholeinfluss ein streitsüchtiges Ekel war?, dachte Mona. Doch bevor sie diesen Satz aussprechen konnte, fuhr Enrico seinen Vater an: »Wie konntest du das nur tun, Papa? Es war so schäbig von dir, Chantal zu diesem widerlichen Brunner zu schicken.«

»Du hast es gerade nötig, mir Moralpredigten halten zu wollen«, gab Feldmann zurück. »Ein verheirateter Mann, der die Sekretärin seines eigenen Vaters verführt.«

Bevor die gegenseitigen Schuldzuweisungen noch weiter ausuferten, schritt Mona ein: »Könnten Sie freundlicherweise den Hickhack um Ihr Liebesleben auf einen späteren Zeitpunkt

144

verschieben? Erstatten Sie, Herr Feldmann, Strafanzeige wegen Körperverletzung? Falls Sie den Angreifer nicht gesehen haben, können wir auch zunächst gegen unbekannt ermitteln.«

Der Brauereibesitzer schüttelte den Kopf.

»Ich wiederhole es noch einmal: Meine kurze Bewusstlosigkeit ist auf meinen niedrigen Blutdruck zurückzuführen. Ich kann Ihnen gern ein ärztliches Attest vorlegen.«

Sie sollten lieber Ihren Geisteszustand untersuchen lassen! Diese Bemerkung konnte die Kommissarin zum Glück gerade noch herunterschlucken, bevor sie ihr über die Lippen kam. Es war Feldmann zuzutrauen, dass er sie wegen Beleidigung belangen würde. Allein schon, um sich an Mona zu rächen. Und solche Scherereien würden sie der Lösung ihres Mordfalls keinen Schritt näher bringen.

Nun versuchte auch Enno, den Unternehmer zu beeinflussen: »Wenn Sie nicht mit uns kooperieren, läuft ein Mörder weiter frei herum. Können Sie das mit Ihrem Gewissen vereinbaren?«

Feldmann blieb stur. Er sagte: »Nur, weil Herr Wittig nicht auf der Liste stand, soll er Okko Jopp umgebracht haben? Das ist wirklich eine steile These. Gehen Sie jetzt bitte. Wenn Sie das nächste Mal mit mir sprechen wollen, dann nur in Gegenwart eines Rechtsanwalts.«

»Wie Sie wünschen«, erwiderte Mona mit mühsam unterdrückter Wut. »Wir gehen jetzt. Sie drei werden sicher viel miteinander zu bereden haben.«

Die Kommissarin dachte sich, dass sie in diesem Moment nicht in Chantals Haut stecken wollte. Doch niemand hatte die junge Frau dazu gezwungen, sich mit den beiden Männern gleichzeitig einzulassen.

Mona ließ sich auf den Beifahrersitz des Opel Vectra fallen und seufzte.

»Die amourösen Affären dieser Familie sind mir völlig egal, Enno. Ich will den Täter überführen. Mir ist allerdings gerade noch eine Idee gekommen, die ich überprüfen will.«

»Kann ich an deinen Überlegungen teilhaben?«

»Noch nicht. Falls ich mich irre, lachst du mich nur aus.«

»Als ob ich das jemals getan hätte«, gab Enno zurück. Er sah so geknickt aus, dass seine Kollegin ihm spielerisch in die Wange kniff.

»Nicht böse sein, ja?«, bat sie lachend. »Sobald ich Genaueres weiß, werde ich die Karten auf den Tisch legen.«

Als die Inselkommissare zur Polizeistation zurückkehrten, wurden sie bereits von Oltbeck erwartet.

»Gut, dass Sie kommen, Herr Moll«, sagte der Chef. »Könnten wir beide kurz die Dienstpläne der nächsten zwei Wochen durchgehen?«

Der Ostfriese nickte und folgte Oltbeck in dessen Büro. Da der Vorgesetzte am kommenden Montag in Urlaub gehen wollte, musste Enno ihn während dieser Zeit vertreten. Mona war es nur recht, dass ihr Kollege momentan anderweitig beschäftigt war. Sie konnte nun nämlich in Ruhe telefonieren, ohne ihre Schlussfolgerungen vorzeitig preisgeben zu müssen.

Die Kommissarin hatte gerade das Gespräch beendet, als Enno ihr gemeinsames Büro betrat. Er ging zu seinem Schreibtisch hinüber, nahm auf dem Stuhl Platz und schaute seine Kollegin erwartungsvoll an.

»Es ist gut, dass du sitzt«, sagte sie. »Ich habe nämlich etwas herausgefunden, das dich vom Hocker haut. Allerdings nur, wenn ich mit meinen Überlegungen nicht völlig falschliege.«

»Ich bin gespannt wie ein Flitzebogen«, behauptete der Oberkommissar. »Wollen wir uns jetzt um Henzburgs brutalen Handlanger kümmern? Es sollte mich nicht wundern, wenn er eine kriminelle Vorgeschichte hat.«

Bevor Mona reagieren konnte, riss Grietje die Tür auf.

»Hier ist Besuch für euch«, verkündete die Polizeimeisterin. Dann trat sie zur Seite, damit Saskia Feldmann hereinkommen konnte. Mona musterte Enricos Ehefrau. Als sie ihrem Gatten eine Ohrfeige verpasst hatte, war sie mit einer Jogginghose und einem Sweatshirt bekleidet gewesen. Nun wirkte Saskia Feldmann in ihrem dunkelblauen Blazer und dem knielangen schwarzen Rock sehr damenhaft. Ihr Haar hatte sie zurückgekämmt und zu einem Knoten geformt, was ihr ein strenges Aussehen verlieh. Sie kam der Kommissarin wie eine Lehrerin vor, die schlechte Noten verteilen will.

»Was können wir für Sie tun?«, fragte Mona.

Saskia Feldmann hob das Kinn.

»Ich möchte Strafanzeige gegen Ben Wittig stellen. Er hat meinen Schwiegervater misshandelt und vermutlich Okko Jopp ermordet.«

Kapitel 18

Mona machte eine einladende Handbewegung, deutete auf ihren Besucherstuhl.

»Wir können sofort beginnen, Frau Feldmann. Möchten Sie etwas trinken?«

»Danke, das ist sehr freundlich. Ein Glas Wasser wäre gut.«

»Ich hole es Ihnen«, sagte Enno. Er verließ den Raum und kam gleich darauf mit dem Getränk zurück, stellte es auf die Schreibtischkante. Als Saskia Feldmann danach griff, rutschte ihr Ärmel ein kleines Stück weit hoch. Ihre Neurodermitis schien sich noch verschlimmert zu haben, aber vielleicht kam es Mona auch nur so vor.

»Gunter hat Ihnen nicht die Wahrheit gesagt«, begann die junge Frau. »Er hatte keine Kreislaufprobleme, sondern wurde von Wittig zusammengeschlagen. Mein Schwiegervater schuldet Henzburg schon jetzt eine große Geldsumme. Aber statt seine Zinsen pünktlich zu zahlen, wollte er den Betrag noch aufstocken. Er traf sich mit Henzburg persönlich, um die Konditionen auszuhandeln. Aber der Kredithai brachte nicht sein Scheckbuch, sondern seinen Schläger mit.«

»Waren Sie dabei, als Gunter Feldmann von Wittig angegriffen wurde?«, wollte Mona wissen.

»Zum Glück nicht, denn ich verabscheue Gewalt. Ich hörte zufällig ein Gespräch zwischen meinem Mann und seinem Vater mit, in dem es um diese Attacke ging. Auch Enrico wusste, was dieses Muskelpaket Gunter angetan hat.«

Und trotzdem verhandelte er mit Henzburg über eine Erweiterung des Kreditrahmens, dachte die Kommissarin. Saskias Angaben über die Körperverletzung waren nur Hörensagen, hatten also keine echte Beweiskraft. Trotzdem fand Mona es sehr hilfreich, dass Feldmanns Schwiegertochter auf der Polizeiwache erschienen war.

»Ich möchte zunächst auf die Bierverkostung zurückkommen«, sagte die Ermittlerin. »Hatte Ihr Schwiegervater Wittig eingeladen?«

Saskia schüttelte den Kopf.

»Eigentlich war vorgesehen, dass Henzburg persönlich erscheint. Er sollte sich mit eigenen Augen von Gunters Projekt überzeugen. Die Brauerei kann sich ja wirklich sehen lassen, und längerfristig wird meine Familie sicherlich die Borkumer Gastronomielandschaft dominieren. Wir müssen eben nur die finanzielle Durststrecke der Anfangsjahre überstehen.«

Bis ihr genügend Konkurrenten ruiniert habt, dachte Mona. Doch sie schaffte es ausnahmsweise, ihre Gedanken für sich zu behalten. Sie wollte einen Mord aufklären und nicht über miese Geschäftspraktiken urteilen.

»Was hatte es also zu bedeuten, dass der Kredithai seinen Handlanger schickte?«, forschte sie.

»Wittigs Erscheinen bei der Bierverkostung war eine Drohgebärde, so kam es jedenfalls bei uns an. Wenn Sie bei einem Kredithai mit den Rückzahlungen in Verzug geraten, geht es etwas rauer zu als bei einer Bank.«

»Darüber sind wir uns im Klaren«, erwiderte Mona. »Aber wie kommen Sie zu der Annahme, dass der Schläger den Braumeister getötet hat?«

»Bei der Bierverkostung bemerkte ich, dass Jopp Wittig provozierte. Der grobe Kerl wirkte sehr wütend«, antwortete Saskia. Enno hatte sich inzwischen von seinem Stuhl erhoben und stellte sich neben Mona, sodass er die Zeugin ebenfalls im Blickfeld hatte. Die nächste Frage kam von ihm.

»Warum haben Sie uns das nicht schon längst mitgeteilt, Frau Feldmann? Meine Kollegin und ich ermitteln mit Hochdruck, um die Ereignisse der Mordnacht zu rekonstruieren.« Saskia senkte den Kopf, sie wirkte schuldbewusst.

»Darüber bin ich mir im Klaren, und das tut mir auch sehr leid. Ich befand mich in einer Zwickmühle, verstehen Sie? Mein Schwiegervater wollte um jeden Preis verhindern, dass seine Geschäftsbeziehung zu Henzburg an die große Glocke gehängt wurde. Vor allem die Borkumer Gastronomen durften davon nichts erfahren.«

Mona nickte und sagte: »Wenn ein Brauereibesitzer auf das Geld eines Kredithais angewiesen ist, dann könnte sein Unternehmen wie ein Kartenhaus in sich zusammenfallen. Das verstehe ich. Doch warum hat Ihr Schwiegervater Henzburg überhaupt um sein Kommen gebeten, wenn er seine Abhängigkeit von ihm unter den Teppich kehren wollte?«

»Das ist ein guter Einwand«, gab Saskia zurück. »Es war wohl eher so, dass Henzburg sich selbst eingeladen hat. So gesehen war mein Schwiegervater erleichtert, weil an seiner Stelle Wittig kam. Dieser

Mann hält sich nämlich eher im Hintergrund. Für Jopp spielte es keine Rolle, mit wem er sich anlegte. Es ist ja allgemein bekannt, dass er gern Menschen provozierte. – Gunter hat uns eingeschärft, dass wir Wittig gegenüber der Polizei nicht erwähnen sollen. Deshalb tauchte der Name auch nicht auf der Liste auf. Es tut mir leid, dass ich so lange geschwiegen habe. Aber Wittigs grausame Attacke auf meinen Schwiegervater hat mir die Augen geöffnet.«

»Haben Sie gesehen, dass Wittig Jopp ins Sudhaus gefolgt ist?«, wollte Enno wissen. Saskia zögerte einen Moment lang.

»Ich kann es nicht beschwören, aber es wäre möglich.«

Darauf erwiderten die Inselkommissare nichts. Als Mona den Mund wieder öffnete, klang ihre Stimme schneidend.

»Es ist bemerkenswert, dass Sie diese Beobachtung gemacht haben, Frau Feldmann. Sie waren an dem Abend sehr fleißig, wie ich höre. Während Ihr Gatte und Ihr Schwiegervater große Reden geschwungen haben, halfen Sie zeitweise sogar beim Abwasch mit. Natürlich trugen Sie weiße Baumwollhandschuhe, richtig? Und diese hatten Sie auch noch übergestreift, als Sie Jopp erstickten.«

***

Der Oberkommissar warf seiner Kollegin einen erstaunten Blick zu. Saskias Gesichtszüge verhärteten sich.

»Sind Sie verrückt geworden?«, fauchte sie. »Warum hätte ich Jopp töten sollen?«

Mona ging auf die Frage nicht ein. Stattdessen wandte sie sich an Enno: »Mir kam die Idee, als ich Frau Feldmanns angegriffene Haut bemerkte. Da habe ich mich ein wenig über Neurodermitis informiert. Wenn Patienten mit Wasser in Berührung kommen, tragen sie oft hauchdünne Baumwollhandschuhe, um ihre Haut zu schützen.«

»Wie scharfsinnig von Ihnen!«, höhnte die Verdächtige. »Und was wollen Sie damit beweisen?«

»Bei der Obduktion des Leichnams konnten Fasern in Jopps Mund nachgewiesen werden, die höchstwahrscheinlich von einem solchen Handschuh stammen. Hat der Kerl Ihnen in die Hand gebissen, als er sich an Ihnen vergreifen wollte?«

Die Kommissarin stellte Saskia diese direkte Frage, auf die es zunächst keine Antwort gab. Mona fuhr fort: »Ich habe vorhin ein wenig herumtelefoniert. Meeno Bischof bestätigt, dass Sie an dem fraglichen Abend mindestens eine halbe Stunde lang Gläser gespült haben, wobei Sie Ihre Hände mit den weißen Handschuhen schützten. Und der Pilot des Charterflugzeugs hat Borkum um 23.45 Uhr verlassen, mit Wittig an Bord. Der Braumeister wurde aber erst nach Mitternacht erstickt. Als der Schläger die Bierverkostung verließ, hat Jopp noch gelebt.«

Während die Kommissarin sprach, sank Saskia immer mehr in sich zusammen. Sie schien allmählich zu begreifen, dass sie mit ihrer Lüge nicht durchkommen würde.

Der Oberkommissar hatte sich inzwischen von seiner Überraschung erholt.

»Wir vernehmen Sie jetzt als Beschuldigte einer Straftat, Frau Feldmann«, erklärte er. »Sie stehen im Verdacht, Okko Jopp ermordet zu haben. Sie müssen sich nicht selbst belasten und können einen Strafverteidiger hinzuziehen.«

Die junge Frau schüttelte heftig den Kopf.

»Nein, ich will jetzt reinen Tisch machen und nur noch meine Ruhe haben.«

»Berichten Sie uns einfach, was während der Bierverkostung geschehen ist«, bat Enno freundlich. Saskia Feldmann atmete tief durch und begann zu sprechen.

»Dieser Abend war für meine Familie sehr wichtig, wie Sie sich denken können. Wir wollten sowohl neue Gastronomie-Abnehmer für unser Borkum Bier finden als auch diejenigen Wirte einschüchtern, die noch mit anderen Brauereien zusammenarbeiteten. Außerdem sollten die Investoren davon überzeugt werden, dass ihr Geld bei uns gut aufgehoben wäre.«

»Da war ein Braumeister, der ständig aus der Rolle fällt, sicher nicht hilfreich«, vermutete Mona.

»Sie sagen es, Frau Sander! Jopp erwies sich von Anfang an als ein Mensch, mit dem man nicht gut auskommen konnte. Wäre ich an Gunters Stelle gewesen, hätte ich ihm keinen Job angeboten. Aber wie wollen Sie eine Brauerei ohne einen Braumeister führen? Hinzu kam, dass dieser Kerl ein gebürtiger Borkumer war. Wir dachten anfangs, dadurch einen Vorteil zu haben.«

»Das Opfer war auf dieser Insel nicht sonderlich beliebt«, warf Enno ein.

Saskia nickte und sagte: »Als uns diese Tatsache bewusst wurde, war die Produktion schon angelaufen. Gegen Jopps fachliche Fähigkeiten konnte man nichts sagen. Obwohl ich keine überzeugte Biertrinkerin bin, schmeckte mir sein Gerstensaft. Doch Jopps zwischenmenschlicher Umgang gehört in die unterste Schublade. Er war rechthaberisch und selbstherrlich, außerdem befummelte er jede Frau.«

»Also auch Sie?«

»Selbstverständlich!«, erwiderte Saskia auf Monas Frage. »Als der Braumeister mir das erste Mal an den Po fasste, war ich geschockt und sagte es sofort meinem Schwiegervater. Ich hoffte, dass Gunter Jopp zusammenstauchen würde. Aber es geschah nichts. Einige Tage später kam der Widerling mir erneut zu nahe. Wieder ging ich zu Gunter und informierte ihn. Er spielte es herunter. Da wurde mir bewusst, dass Jopp von seinem Chef nichts zu befürchten hatte.«

»Sie hätten zur Polizei gehen können«, gab der Oberkommissar zu bedenken.

»Das stimmt natürlich, aber ich fürchtete mich vor den Konsequenzen. Wenn Jopp in Haft gekommen wäre, hätten wir die Bierproduktion stoppen müssen. Und für meinen Mann und meinen Schwiegervater wäre ich die Buhfrau gewesen. Also biss ich die Zähne zusammen und versuchte, Jopp so gut wie möglich aus dem Weg zu gehen.«

»Funktionierte es?«

»Anfangs ja, Herr Moll. Während der Bierverkostung benahm sich Jopp allerdings wirklich schlimm. Und dort konnte ich ihm nicht gut ausweichen. Je mehr Zeit verging, desto wütender wurde ich auf ihn. Meine Familie hat so hart gearbeitet, um diese Brauerei aus dem Boden zu stampfen. Und Jopp machte uns alles kaputt. Er benahm sich, als ob ihm der Betrieb gehören würde und wir alle nach seiner Pfeife zu tanzen hätten. Außerdem wurde er immer betrunkener. Als die meisten Gäste gegangen waren, sah ich ihn ins Sudhaus wanken. Ich fürchtete, dass er dort etwas zerstören könnte. Also ging ich ihm nach. Das war ein Fehler. Jopp schien nur auf mich gewartet zu haben. Er riss mich an sich, versuchte mich zu küssen.«

»Was taten Sie?«, hakte Mona nach.

»Ich wehrte mich natürlich. Während wir miteinander rangen, muss der Kerl in einen meiner Handschuhe gebissen haben. Meine Finger sind unversehrt geblieben. Jopp ging zu Boden. Ich griff mir einen dieser Lappen und drückte ihn auf sein Gesicht. Dann ließ ich erst wieder von ihm ab, als er sich nicht mehr rührte. Da begriff ich, dass er tot war. Ich wollte nicht ins Gefängnis, weil ich mich nur gewehrt hatte. Also suchte ich nach einer Lösung. Ich hatte mal vor Kurzem gelesen, dass selbst erfahrene Mitarbeiter von Brauereien gelegentlich an Kohlendioxid sterben. Also hievte ich seine Leiche mit dem Oberkörper in den Biertank.«

»Das gelang Ihnen ganz allein?«, wunderte Enno sich. »Jopp war nicht gerade ein Leichtgewicht.«

»Ich habe es jedenfalls geschafft«, beharrte Saskia. »Ich bin stärker, als ich aussehe, denn ich praktiziere seit Jahren Power Yoga. Außerdem stand ich in dem Moment wahrscheinlich unter Adrenalin.«

Die junge Frau wirkte erschöpft. Mona beschloss, ihr eine Pause zu gönnen. Sie stand auf.

»Sie werden jetzt zunächst erkennungsdienstlich behandelt«, erklärte sie. »Später können wir dann Ihr Geständnis in eine schriftliche Form bringen.«

»Ich wollte das alles nicht«, beteuerte Saskia Feldmann. »Wenn Jopp sich gut benommen hätte, wäre das niemals geschehen.«

Darauf erwiderte die Kommissarin nichts. Sie brachte die Täterin nach vorn ins Wachlokal und bat Grietje, sich um sie zu kümmern.

Als Mona allein zurückkehrte, saß Enno wieder auf seinem Bürostuhl.

»Ob Saskia mit der Tat durchgekommen wäre, wenn Jopp nicht in den Handschuh gebissen hätte?«, dachte er laut nach.

»Das wissen wir nicht«, erwiderte Mona. »Ein perfektes Verbrechen existiert zum Glück nicht.«

»Nein, aber es gibt Mandelhörnchen«, gab Enno lächelnd zurück, »und davon hast du dir heute mindestens zwei Stück verdient.«

ENDE

152

Ostfrieslandkrimi-Empfehlungen
des Klarant Verlages

Lernen Sie die Ostfrieslandkrimi-Serie »**Mona Sander und Enno Moll ermitteln**« von **Sina Jorritsma** kennen:

Friesische Inselidylle? Von wegen! Auf der ostfriesischen Insel Borkum lösen Kommissarin Mona Sander und ihr Kollege Enno Moll knifflige Mordfälle. Die emotionale Kommissarin geht bei der Verbrecherjagd gerne ihren eigenen Weg und scheut dabei kein Risiko ... Bei der Krimireihe der Autorin Sina Jorritsma ist Hochspannung garantiert!

In der Serie sind bereits folgende Ostfrieslandkrimis erschienen:

»Friesenbraut«, Band 1
Taschenbuch-ISBN: 978-3-95573-557-9
eBook-ISBN: 978-3-95573-556-2

Auf der ostfriesischen Insel Borkum verschwindet eine Braut kurz vor der Eheschließung. Zunächst glauben die Kommissare Mona Sander und Enno Moll noch an einen dummen Streich. Aber wenig später wird das blutverschmierte Brautkleid gefunden. Ist die dunkelhaarige Schönheit einem Gewaltverbrechen zum Opfer gefallen? Die Inselkommissare finden Indizien, die aber nicht zusammenpassen. Hat der undurchsichtige Exfreund der Braut seine Hände im Spiel? Wer war an den geheimen Sex-Spielen im Ferienhaus beteiligt? Und welches Interesse verfolgt der machtbesessene zukünftige Schwiegervater? Dann findet die Polizei eine Leiche – und muss feststellen, dass die Dinge ganz anders sind, als sie auf den ersten Blick scheinen. Die Mörderjagd versetzt nicht nur die friedliche Nordseeinsel in Aufruhr, sondern wird auch zur persönlichen Herausforderung für Mona Sander. Sie wird selbst zur Zielscheibe des Mörders ...

»Friesenkreuz«, Band 2
Taschenbuch-ISBN: 978-3-95573-552-4
eBook-ISBN: 978-3-95573-600-2

»Friesenlauf«, Band 3
Taschenbuch-ISBN: 978-3-95573-553-1
eBook-ISBN: 978-3-95573-618-7

»Friesenflirt«, Band 4
Taschenbuch-ISBN: 978-3-95573-542-5
eBook-ISBN: 978-3-95573-541-8

»Friesenwahn«, Band 5
Taschenbuch-ISBN: 978-3-95573-622-4
eBook-ISBN: 978-3-95573-623-1

»Friesenstalker«, Band 6
Taschenbuch-ISBN: 978-3-95573-688-0
eBook-ISBN: 978-3-95573-701-6

»Friesenjuwel«, Band 7
Taschenbuch-ISBN: 978-3-95573-764-1
eBook-ISBN: 978-3-95573-765-8

»Friesenwrack«, Band 8
Taschenbuch-ISBN: 978-3-95573-796-2
eBook-ISBN: 978-3-95573-797-9

»Friesenbarbier«, Band 9
Taschenbuch-ISBN: 978-3-95573-833-4
eBook-ISBN: 978-3-95573-832-7

»Friesenstrand«, Band 10
Taschenbuch-ISBN: 978-3-95573-875-4
eBook-ISBN: 978-3-95573-876-1

»Friesenlist«, Band 11
Taschenbuch-ISBN: 978-3-95573-934-8
eBook-ISBN: 978-3-95573-935-5

»Friesenblues«, Band 12
Taschenbuch-ISBN: 978-3-95573-954-6
eBook-ISBN: 978-3-95573-955-3

»Friesenanker«, Band 13
Taschenbuch-ISBN: 978-3-96586-009-4
eBook-ISBN: 978-3-96586-010-0

»Friesenkoch«, Band 14
Taschenbuch-ISBN: 978-3-96586-105-3
eBook-ISBN: 978-3-96586-106-0

»Friesenwürger«, Band 15
Taschenbuch-ISBN: 978-3-96586-146-6
eBook-ISBN: 978-3-96586-145-9

»Friesentango«, Band 16
Taschenbuch-ISBN: 978-3-96586-164-0
eBook-ISBN: 978-3-96586-172-5

»Friesenbrauer«, Band 17
Taschenbuch-ISBN: 978-3-96586-201-2
eBook-ISBN: 978-3-96586-202-9

Klarant Verlag

Lernen Sie die Ostfrieslandkrimi-Titel des Klarant Verlages kennen und besuchen Sie uns im Internet unter:

www.ostfrieslandkrimi.de

und

www.klarant.de

Sie können dort Näheres über unsere Autoren erfahren, viele weitere interessante Bücher und eBooks finden und Leseproben herunterladen. Mit dem kostenlosen Newsletter auf

www.ostfrieslandkrimi-lesen.de

erhalten Sie aktuelle Informationen rund um das Verlagsprogramm, wie beispielsweise spannende Neuerscheinungen und Gewinnspiele.